Benito Pérez Galdós

La Sombra

Barcelona **2024**
Linkgua-ediciones.com

Créditos

Título original: La sombra

© 2024, Red ediciones S.L

e-mail: info@Linkgua-ediciones.com

Diseño de cubierta: Michel Mallard.

ISBN tapa dura: 978-84-1126-193-7.
ISBN rústica: 978-84-9816-771-9.
ISBN ebook: 978-84-9953-258-5.

Sumario

Brevísima presentación

La vida

Galdós era el décimo hijo de un coronel del ejército, Sebastián Pérez, y de Dolores Galdós. En 1852 ingresó en el Colegio de San Agustín, que aplicaba una pedagogía muy avanzada para la época.

Obtuvo el título de bachiller en Artes en 1862, en el Instituto de La Laguna, y empezó a publicar poemas satíricos, ensayos y cuentos en la prensa local. También se destacó por su interés por el dibujo y la pintura.

En septiembre de 1862 Galdós se fue a vivir a Madrid y se matriculó en la universidad. Allí conoció al fundador de la Institución Libre de Enseñanza, Francisco Giner de los Ríos, que le alentó a escribir y le hizo conocer el krausismo. Por entonces frecuentó los teatros de Madrid y organizó la «Tertulia Canaria».

En 1865 empezó a escribir en los periódicos *La Nación* y *El Debate*, y en la Revista del Movimiento Intelectual de Europa.

Hacia 1867 hizo su primer viaje al extranjero, como corresponsal en París en la Exposición Universal. Volvió con obras de Balzac y de Dickens y tradujo de éste, a partir de una traducción francesa, *Los papeles póstumos del Club Pickwick*. Un año después abandona sus estudios universitarios.

Galdós publicó en 1870 *La Fontana de Oro*, su primera novela. *La Sombra* fue publicada en noviembre de 1870 por entregas en *La Revista de España*. Y en 1873 comenzó a publicar la que se puede considerar su obra maestra, los *Episodios nacionales*, donde refleja la vida íntima de los españoles del siglo XIX y los acontecimientos de la historia nacional que marcaron el destino de España. La obra tiene cuarenta y seis episodios en cinco series de diez novelas cada una, salvo la última, inconclusa. Empiezan con la batalla de Trafalgar y terminan con la Restauración borbónica en España.

Galdós tuvo una hija natural en 1891 de una madre que se suicidó, Lorenza Cobián. Y se relacionó con la actriz Concha Morell y la novelista Emilia Pardo Bazán.

En 1919 se realizó una escultura suya. Galdós, que había perdido la vista, pidió ser alzado para palpar la obra y lloró emocionado.

Galdós murió en su casa de la calle Hilarión Eslava de Madrid el 4 de enero de 1920. El día de su entierro unas 20.000 personas acompañaron su ataúd hasta el cementerio de la Almudena.

Brevísima presentación

No estarán de más, a la cabeza del presente tomo, algunas líneas que lo expliquen, o, si se quiere, que lo disculpen.

Lo primero que va en él, *La Sombra*, data de una época que *se pierde en la noche de los tiempos*, (tan a prisa van en esta edad las transformaciones y mudanzas del gusto), y tan antigua se me hace y tan infantil, que no acierto a precisar la fecha de su origen, aunque, relacionándola con otros hechos de la vida del autor, puedo referirla vagamente a los años 66 o 67. Pero no salió en letras de molde hasta 1870, en la *Revista de España*, y después ha sido reimpresa en folletines de diversos periódicos.

Lo que principalmente deseo consignar acerca de esta obrita es que en ella hice los *primeros pinitos*, como decirse suele, en el pícaro arte de novelar. No por buena, que dista mucho de serlo, ni por entretenida, sino por respetable, en razón de su mucha ancianidad, se empeñaron mis amigos en que la publicase en forma de libro, y accediendo a estos deseos, dispuse en 1879 la presente colección; pero como *La Sombra* por sí sola no tenía tamaño y categoría de libro, han estado sus páginas, durante once años, *muertas de risa*, aguardando a que fuese posible agregarles otras y otras hasta formar el presente volumen.

Veinte años próximamente después de *La Sombra* escribí *Celín*, que pertenece al mismo género, y ambas obras se parecen, más en el fondo y desarrollo que en la forma. La causa de esta reincidencia, al cabo de los años mil, no me la explico, ni hace falta. *Celín* fue escrito para una colección de artículos de meses publicados en Barcelona con grandísimo lujo, y es la representación simbólica del mes de Noviembre. Como *Tropiquillos* (el Otoño) y *Theros* (el Verano), tiene el carácter de composición del Almanaque, con las ventajas e inconvenientes de esta literatura especialísima que sirve para ilustrar y comentar las naturales divisiones del año, literatura simpática, aunque de pie forzado, a la cual se aplica la pluma con más gusto que libertad.

El carácter fantástico de las cuatro composiciones contenidas en este libro reclama la indulgencia del público, tratándose de un autor más aficionado a las cosas reales que a las soñadas, y que sin duda en estas acierta menos que en aquellas. De la acusación que pudieran hacerle por entrar en un terreno que no le pertenece, se defenderá alegando que en estas obrillas no pretendió nunca producir las bellezas de la creación fantástica, eminentemente poética y personal. Son divertimientos, juguetes, ensayos de aficionado, y pueden compararse al estado de *alegría*, el más inocente, por ser el primero, en la gradual escala de la embriaguez. Nunca como en esta clase de trabajos he visto palpablemente la verdad del chassez le naturel &... Se empeña uno a veces, por cansancio o por capricho, en apartar los ojos de las cosas visibles y reales, y no hay manera de remontar el vuelo, por grande que sea el esfuerzo de nuestras menguadas alas. El pícaro *natural* tira y sujeta desde abajo, y al no querer verle, más se le ve, y cuando uno cree que se ha empinado bastante y puede mirar de cerca las estrellas, estas, siempre distantes, siempre inaccesibles, le gritan desde arriba: «*zapatero a tus zapatos*».

B. P. G.

Junio de 1890

La Sombra

Capítulo I. El doctor Anselmo

I

Conviene principiar por el principio, es decir, por informar al lector de quién es este don Anselmo; por contarle su vida, sus costumbres, y hablar de su carácter y figura, sin omitir la opinión de loco rematado de que gozaba entre todos los que le conocían. Esta era general, unánime, profundamente arraigada, sin que bastaran a desmentirla los frecuentes rasgos de genio de aquel hombre incomparable, sus momentos de buen sentido y elocuencia, la afable cortesía con que se prestaba a relatar los más curiosos hechos de su vida, haciendo en sus narraciones uso discreto de su prodigiosa facultad imaginativa. Contaban de él que hacía grandes simplezas, que era su vida una serie de extravagancias sin cuento, y que se atareaba en raras e incomprensibles ocupaciones no intentadas de otro alguno, en fin, que era un ente a quien jamás se vio hacer cosa alguna a derechas, ni conforme a lo que todos hacemos en nuestra ordinaria vida.

Pocos lo trataban; apenas había un escaso número de personas que se llamaran sus amigos; desdeñábanle los más, y todos los que no conocían algún antecedente de su vida, ni sabían ver lo que de singular y extraordinario había en aquel espíritu, le miraban con desdén y hasta con repugnancia. Si había en esto justicia, no es cosa fácil de decir, así como no es empresa llana hacer una exacta calificación de aquel hombre, poniéndole entre los más grandes, o señalándole un lugar junto a los mayores mentecatos nacidos de madre. Él mismo nos revelará en el curso de esta narración una porción de cosas, que serán otros tantos datos útiles para juzgarle como merezca.

Vivía en el cuarto piso de un endiablado caserón de donde nunca salía, a no ser que asuntos urgentes le llamaran fuera de casa. Esta era de tal condición, que en otro siglo menos preocupado, la fantasía popular hubiera puesto en ella todas las brujas de un aquelarre.

En la época presente no habla allí más bruja que una tal doña Mónica, ama de llaves, criada e intendente.

La habitación del doctor parecía laboratorio de esos que hemos visto en más de una novela, y que han servido para fondo de multitud de cuadros holandeses. Alumbrábala la misma lámpara melancólica con que en teatros y pinturas vemos iluminada la faz cadavérica del doctor Fausto, del maestro Klaes, de los sopladores de la Edad Media, del buen marqués de Villena y de los fabricantes de venenos y drogas en las repúblicas italianas. Esto hacia parecer a nuestro héroe punto menos que nigromante o judío, pero no lo era ciertamente, aunque en su casa, originalísima como después veremos, se veían, colgados del techo, aquellos animales estrambóticos que parecen realizar un sueño de Teniers, revoloteando en confusa falange por todo el ámbito de la bóveda.

Aquí no había bóveda gótica, ni ventana con primorosas labores, ni el fondo oscuro, los misteriosos efectos de luz con que el artificio de la pintura nos presenta los escondrijos de esos químicos aburridos, que, envueltos en ilustres telarañas, se inclinan perpetuamente sobre un mamotreto lleno de garabatos. El gabinete del doctor Anselmo era una habitación vulgar, de estas en que todos vivimos, compuesta de cuatro mal niveladas paredes y un despedazado techo, en cuya superficie el yeso, cayéndose por la incuria del tiempo y el descuido de los habitantes, había dejado muchos y grandes agujeros. No había papel, ni más tapicería que la de las arañas, tendiendo de rincón a rincón sus complicadas urdimbres.

En el principal testero veíase un esqueleto que no había perdido el buen humor del sepulcro, de tal modo se rasgaban en espantosa risa sus desdentadas mandíbulas, y aumentaba la singularidad de su aspecto el caldero que el doctor le había puesto en el cráneo, sin duda por no tener sitio mejor donde colocarlo. Al lado había un estante de madera con innumerables baratijas, entre las cuales no hacían el peor papel algunos votos vasos de inestimable mérito, y piezas del más tosco barro doméstico. Algún ave disecada y medio podrida daba realce con el brillante color de sus últimas plumas a este armatoste, junto al cual una culebra llena de paja se extendía dibujando sobre la pared las curvas de su cuerpo, en cuyas escamas quedaba un débil tornasol. No lejos de esto pendía una armadura tan roñosa como si desde el tiempo de Roldán (su dueño tal vez) no se hubiera limpiado. Algunas otras armas blancas y de fuego colgaban por allí en unión con gran sartén, cuyo mango tocaba los pies de un Santo Cristo, de esos que, con el cuerpo lívido, los miembros retorcidos, el rostro angustioso, negras las manos, llenos de sangre el sudario y la cruz, ha creado el arte español para terror de devotas y pasmo de sacristanes. El Cristo era amarillo, oscuro, lustroso, rígido como un animal disecado: no tenía formas la cara, desfigurada por el bermellón, y los pies se perdían entre los pliegues de un gran lazo, que sin duda fue lugar de romería para todas las moscas del barrio, porque allí habían dejado indelebles muestras de en paso. Por otro lado asomaban unos caracoles, una estampa de no sabemos qué mártir, conchas de madreperla, dos pistolas y un rosario de cuentas marinas enredado en una rama de coral, ennegrecida por el polvo. Dos grandes espuelas de caballero y una silla de montar colgaban de otra escarpia junto a mugrientas ropas, por entre cuyos pliegues se veía el mango de una guitarra con finísimas incrustaciones de nácar y marfil.

Estaba abollada, y una sola cuerda, testigo mudo hoy de su anterior grandeza, podía dar a la actual generación un eco de las pasadas armonías. Unas botas de militar rodaban por el suelo junto a la guitarra, y en la parte de enfrente pondían casaca y chupa del último siglo, entrambas piezas llenas de agujeros y manchas. Un sombrero tricornio aparecía puesto sobre un botijo que hacía las veces de cabeza, y un deforme candil, en forma de tenebrario, manchaba con los restos de su aceite secular un reclinatorio de primorosas labores, pero tan estropeado que apenas tenía figura. En la pared cercana había un reloj parado desde hace cincuenta años, su máquina era el cuartel general de las aranas, y sus enormes pesas de plomo, caídas con estrépito hace veinticinco mil noches, habían roto un taburete, un cántaro, un Niño Jesús, y yacían en el suelo inmóviles con la majestad de dos aerolitos.

No se libraba de cierta impresión de estupor el que entraba en aquella habitación, donde la escasa luz de la lámpara producía extrañísimos efectos; por que además de los cachivaches que hemos descrito, ocupaban la estancia sinnúmero de aparatos de complicadas y rarísimas formas. Alambiques que parecían culebras de vidrio proyectaban su espiral sobre enormes retortas, cuyo vientre calentaba un hornillo en perenne combustión. Reverberaba el disco de una máquina eléctrica, y todo el aparato nos amenazaba constantemente con sus ingratas manifestaciones. El sordo rumor de la llama del hogar, el chirrido del ascua, semejante a la vibración lejana de misterioso instrumento, el olor de los ácidos, la emanación de los gases, el asmático soplar del fuelle, que funcionaba con ansia y fatiga como un pulmón enfermo, todo esto producía en el espectador ansia y mareo imposibles de describir.

Cuando el que esto escribe tuvo el honor de penetrar en el estudio, gabinete o laboratorio del doctor Anselmo, su asombro fue grande, y no podrá menos de confesar que, mezclado al asombro, sintió cierto terror, solo calmado por la idea de que aquel hombre era el más afable e inofensivo de los seres. Además, ¿quién ignoraba que don Anselmo no era nigromante ni profesaba ninguna de las endiabladas artes de la antigüedad? Apenas hubo quien tomara en serio sus trabajos, y más bien le tenían en la vecindad por loco o mentecato, que por hombre medianamente sabio, con asomos siquiera de sentido común. Él, sin embargo, se enfrascaba en aquella tarea incesante de que nunca se vio resultado alguno, y a juzgar por la gravedad con que soplaba sus hornillos y la atención ansiosa con que hacía circular los líquidos verdes y rojos al través del vidrio de los alambiques, grandes y trascendentales problemas traía entre manos.

La afición a la química era en él cosa nueva, no habiendo hasta hace poco parado las mientes en simples y combinaciones. Casi siempre había empleado en la lectura de toda clase de libros la mayor parte de su tiempo, siempre que algún indiscreto no iba a entretenerse con él oyéndole sus narraciones pintorescas, en que se admiraban la brillantez y vuelo de su grande inventiva. Su conversación versaba siempre sobre hechos de su propia vida, que él sacaba a colación en todo y por todo. Nunca se hacía rogar, y lo que contaba era por lo común tan peregrino, que muchos lo juzgaban todo pura invención de su fantasía. Al recordar su pasado miraba todas aquellas baratijas que allí tenía colgadas, y se reía con efusión de dulce tristeza, diciendo:

«Yo también he sido joven, he sido cortesano, artista, pintor, músico; he viajado mucho; he sido galanteador, me han perseguido, he tenido desafíos, conozco el mundo, he amado la vida y la he despreciado, he amado y aborrecido con mucha violencia».

En cierta ocasión, después de hablar de esta manera, aplicó su dedo amarillo, flaco y rígido a la única cuerda de la guitarra, que vibró con un sordo quejido, despidiendo en su oscilación todo el polvo que veinte años de quietud habían acumulado en ella. Y calló, permaneciendo largo rato pensativo y mirando con fijeza la circulación del líquido rojo a lo largo del intestino de vidrio, que trasegaba de un depósito a otro una esencia sutil.

En aquellos momentos de silencio, interrumpido solo por la tenue vibración de la cuerda, el rumor de la llama y ese sonido incomprensible y solemne de todo lugar misterioso, era cuando más terror producían en mí los singulares objetos de la vivienda del sabio. Parecíame que todo aquello tenia vida y movimiento; que la casaca se movía como si sus faldones cubrieran un cuerpo, cual si las mangas tuvieran dentro brazos. También creía ver el sombrero tricornio meneándose a un lado y a otro, como si el botijo que lo sustentaba tuviera sesos llenos de inteligencia y buen humor; creía ver las botas espoleando al reclinatorio, y las conchas golpeándose unas a otras como si a manera de castañuelas estuvieran amarradas a los dedos de una mano andaluza. El esqueleto me parecía que bostezaba, y el caldero le caía hasta los ojos, inclinándose a un lado para darle expresión chusca; me parecía verle adelantar el pie izquierdo como quien rompe a bailar, y cuadrarse ambas manos a la cintura, que le cabía en dos dedos.

Se me figuraba asimismo que andaba el reloj con la precipitación y diligencia de una máquina que quiere recorrer en minutos los años que se ha estado mano sobre mano, es decir, rueda sobre rueda; sentía el tic tac de las piezas, y creía ver oscilar el péndulo dando bofetones a un lado y a otro a todos los pájaros disecados, los cuales se empeñaban en volar moviendo con trabajo las escasas plumas de sus alas podridas; y por último, en medio de esta barahunda, me pareció que el Cristo estiraba los brazos y el cuello, desperezándose con expresión de supremo fastidio.

II

Demos a conocer a la persona.

Parecerá que don Anselmo es tipo poco común, de estos que más se ven en el artificioso mundo de la novela y el teatro, que en la escena de la vida, donde estamos todos formando este gran grupo social, que hoy nos parece una vulgaridad insigne, y quizá lo es. Don Anselmo, al ser presentado en la singular escena que hemos descrito, en medio de tantos rarísimos trastos, con este aparato de Edad Media y sus ribetes de brujo o buscador de la piedra filosofal, parecerá un personaje enteramente ajeno a la actual sociedad, una creación ideológica, sin ningún sentido ni aplicación, más bien que retrato fiel de cualquier prójimo. Estas creencias se desvanecerán cuando se sepa que el doctor Anselmo era hombre de aspecto tan poco romántico, tan del día y de por acá, que nadie fijará en él la atención a no ser renombrado por sus nunca vistas manías y ridiculeces, y por su disparatada conversación.

Era un viejo mal conservado, flaco y como enfermizo, más bien pequeño que alto, con uno de esos rostros insignificantes que no se diferencian del del vecino, si una observación formal no se fija en él con particular interés. Solo cuando hablaba se veían en su rostro los rasgos de una vivacidad nada común. Sus ojuelos pequeños y hundidos tenían entonces mucho brillo, y la boca dotada de la movilidad más grande que hemos conocido, empleaba un sistema de signos más variados y expresivos que la misma palabra. Cojeaba de un pie, no sabemos por qué causa, y la mano izquierda no era del todo expedita; tenía muy bronca y aternerada la voz, y al andar marchaba tan derecho en su camino, tan fijo y abstraído, que iba dando tropezones, con todo el mudo. Parecía tener una tenaz idea clavada en la mente, idea que no le daba respiro, impidiéndole dirigir la atención a cualquier otro punto; y en su marcha se le veía agitarse, mudar de color, gesticular, alterando todos los músculos de su cara como el que sostiene una conversación acalorada con interlocutores invisibles. El hablar consigo mismo era en él más que hábito, una función en perenne ejercicio; su vida un monólogo sin fin.

El vestido no llamaba la atención aquí donde hay un museo de ridiculeces en perpetua exhibición por esas calles. Si fue su levita objeto de curiosidad, a causa de la exorbitante altura de la solapa, charolada por la grasa y el roce de quince años, no hallamos en ninguno de los cronistas que han tratado de este hombre extraordinario, datos que induzcan a creer que el público se fijara en la holgura de su chaleco, donde cabían cuatro doctores, ni en la nunca vista forma de su corbata, que a veces, por una particularidad frecuente en muchos sabios y en todos los que hablan solos, se le rodaba, poniéndose el lazo en el cogote.

Era en sus costumbres de una sencillez y una pureza ejemplares: comía poco, bebía menos, y dormía, en las pocas horas que le dejaba libres la fantasía, con bastante desasosiego, y sonando siempre tanto como cuando estaba despierto. La mayor parte del tiempo la dedicaba al estudio, del cual, al decir de muchos, no sacó jamás ningún provecho, sino que por el contrario, se lo enredara más la madeja de desatinos que en la cabeza tenía.

Vivía de cierta módica pensión que le daban no sabemos dónde, y de los cuartejos que había realizado vendiendo los últimos restos de su fortuna. Parecía, en resumen, uno de esos eremitas de la ciencia, que se aniquilan víctimas de su celo, y se espiritualizan, perdiendo poco a poco hasta la vulgar corteza de hombres corrientes, y haciéndose unos majaderos que sirven para pocas cosas útiles, y entre ellas para hacer reír a los desocupados. Su hábito, su temperamento, su personalidad era la narración. Cuando contaba algo, era él, era el doctor Anselmo en su genuina forma y exacta expresión. Sus narraciones eran por lo general parecidas a las sobrenaturales y fabulosas empresas de la caballería andante, si bien teniendo por principal fundamento sucesos de la vida actual, que él elevaba a lo maravilloso con el vuelo de su fantasía. Al contar estas cosas, siempre referentes a algún pasaje de su vida, ponía en juego los más caprichosos recursos de la retórica y un copioso caudal de retazos eruditos que desembuchaba aquí y allí con gran desenfado. Su estilo no carecía de arte, siendo por lo general difuso, vivo y pintoresco.

Esto hará creer al lector que tenemos que habérnoslas con algún literato desahuciado de la crítica, desheredado de los favores populares, uno de esos que entregan a la miseria y al hastío una vida incapaz de emplearse en el ejercicio del arte y en el pleno goce de la gloria. No: el doctor Anselmo no era literato, ni sabemos que de su pluma saliera nunca otra cosa que unas cuentas mal pergeñadas de las pérdidas de su casa, y algún memorial para hacer valer sus derechos a la pensión: era un hombre que tenía metida en la cabeza una idea insana. Tal vez conociendo algunos detalles de su vida, y prestando atención al incidente que él mismo nos va a referir, sepamos cómo llegó aquel entendimiento a tal grado de desbarajuste, y cómo se aposentaron en su cerebro tantas y tan locas imágenes, mezcladas de discretos juicios, tanta necedad unida a grandes concepciones, que parecen fruto del más sano y cultivado entendimiento.

Tuvo el tal una juventud muy borrascosa, y desde su primera edad se notó en él gran violencia de sentimientos, desbarajuste en la imaginación, mucha veleidad en su conducta, y alternativas de marasmo y actividad que le dieron fama de hombre destartalado y de poco seso. Cuentan que se pasaba semanas enteras retirado de las gentes, triste, aburrido como un santo, perdido en vanos éxtasis, de que no salía ni aun solicitado por sus amigos: otras veces era tal su animación y alegría, que rayaba en delirio, siendo difícil sustraerse a sus travesuras. Pero esto duraba poco, y a lo mejor le veían otra vez solitario y abstraído, hecho un santo de palo, de esos que miran al cielo y estiran un dedo como en expectación de alguna voz de arriba. De esta manera le encontró la muerte de su padre, el cual le dejó considerable fortuna y entre otras cosas una casa magnífica, donde el viejo, gran coleccionador de obras de arte, había reunido infinidad de primores del Renacimiento. Su familia era de las más nobles de Andalucía: llevaba el apellido de Afán de Ribera, siendo por la línea materna de la casta de los Silíceos, por lo cual se enorgullecía de ser pariente del arzobispo de este nombre.

Al describir el palacio que le dejó su padre, el doctor empleaba los más brillantes colores; daba a su relato tales visos de cosa fantástica, que no era posible creerlo, ni dejar de pensar que la imaginación del narrador era el principal arquitecto de tan hermosa vivienda.

Casose mi hombre con una joven, de cuya hermosura hablaba siempre pomposamente. Lo que pasó en este matrimonio, nadie lo sabe; y si es verdad lo quo de boca del mismo doctor vamos a oír, fuerza es confesar que el caso es raro y merece ser puesto entre las más curiosas aventuras que han ocurrido en el mundo. Cuentan personas autorizadas, que en los meses que estuvo casado, la enajenación, la extravagancia de nuestro personaje llegaron a su último extremo: se le veía entonces apartado de todo trato humano, buscando sitios solitarios, a veces dominado por cólera inextinguible, a veces sumergido en profunda melancolía, especie de somnolencia que le daba todo el aspecto de un hombre sin sentido. Pocas veces le vieron con su mujer, para quien no tenía ni aun las más ligeras amabilidades que el más adusto marido tiene con la suya. Renegaba de sus suegros, hacia mil tonterías, hasta el punto de que la maledicencia, afanosa por saber lo que allí pasaba, entró en su casa y no dejó a nadie con honra.

La verdad no se sabe: murió Elena, que así se llamaba su esposa, a los pocos meses de casada, y entonces empezó Anselmo a ser el absurdo personaje que ahora conocemos. No volvió a tener reposado y claro el juicio, siendo desde entonces el hombre de las cosas estrafalarias o inconexas, cada vez más incomprensible, enfrascado en sus diálogos internos, y agitado siempre por la idea insana, que llegó poco a poco a formar parte de su naturaleza moral.

Perdió su fortuna, no solo por abandono, sino porque suscitado un pleito insignificante por un pariente suyo, supo la curia aprovecharse tan bien, que en poco tiempo quedaron todos los litigantes en la miseria. Hubo quien dijo: «Es un gran filósofo; ved con qué resignación resiste los golpes de la suerte». Otros decían: «Es un loco; mirad con qué indiferencia olvida sus asuntos». Su estoicismo era objeto de burlas. Alguien quiso favorecerle, compadecido de su desgracia; pero parece que le encontraron orgulloso y poco dispuesto a admitir limosnas. También hubo jóvenes de candidez tan extremada, que le creyeron iniciador de un nuevo sistema filosófico que había de pasmar al orbe. Esto provenía de que después de su pobreza se había remontado a las alturas del bohardillón, donde encendió una lámpara y se puso a devorar libros noche tras noche sin darse reposo. Pero viendo todos la ninguna substancia de aquel trabajo incesante, encontrábanle cada vez más loco. Huyeron de él los que antes le tenían afecto o lástima, y solo había un reducido número de personas que iban a oírle contar peregrinas aventuras, soñadas por él sin duda, pues no existía un ser cuyo papel en la sociedad hubiera sido más pasivo.

El calificativo de doctor no provenía de ningún grado académico, como en la mayor parte de los sabios; fue más bien un apodo con que los amigos gustaban de satirizar sus hábitos de erudito. Los que iban a oírle contar sus historias no carecían de gusto, porque estas eran un tejido asombroso de hechos inverosímiles, pero de gran interés; hechos amenizados por pintorescas digresiones, y que tratados y escritos por pluma un poco diestra, tal vez serían leídos con placer. Referíanse por lo general a apariciones de alguna sombra que venía a pasearse por este mundo con el mayor desparpajo, y él la presentaba como representación simbólica de alguna idea; tenía afición por toda clase de símbolos, y en sus cuentos había siempre multitud de seres sobrenaturales que formaban como una mitología moderna.

En todo esto entraba por mucho la erudición adquirida en sus asiduas lecturas, que era en él como los archivos en que todo está revuelto, sin concierto ni orden. ¡Quién sabe, gran Dios! Tal vez si en aquella cabeza hubiera habido un catálogo, el doctor Anselmo sería uno de los más extraordinarios talentos conocidos.

III

El doctor continuaba mirando aquel diabólico aparato con ese abandono o negligencia que se pintan en el semblante cuando el pensamiento está muy lejos del sitio en que se fija la vista.

Creeríase que le importaba poco el resultado de tal experimento, y que no le había de dar placer ni disgusto la verdad cíentifico, que con el líquido circulaba por el tubo.

—Pero ¿cómo se ha dedicado usted a la química? —le dije, seguro de que el sabio no daría contestación categórica.

—Para atar la loca —contestó—, para contenerla y obligarla a que no me martirice más. Yo necesito estar siempre ocupado en algo: la lectura me distrajo un poco; pero al fin llegué a cansarme de leer. Hace poco vi en ciertos libros cosas que me llamaron la atención y no comprendí. «Voy a ver lo que es eso, dije, yo necesito meterme en experimentos». Compré estos trebejos, y me puse a soplar y a observar. Una nomenclatura y un manual me han bastado para distraerme unos días. Pero aquí no hay nada más que un pasatiempo: cultivo la curiosidad aunque sin fruto positivo. Que nadie espere de esto ningún adelanto científico. La verdad es que caliento mi máquina y descompongo esos aguachirles, no pienso en otras cosas, y así me va tal cual.

—¡La loca, siempre la loca! —le contesté.

—La verdad es que la imaginación, a quien con mucha propiedad llama usted, de ese modo, si usted la sujetase un poco, lejos de atormentarle podría ser fuente fecundísima de creaciones, cuya importancia usted más que nadie puede conocer. ¿Por qué no se ha dedicado a las artes?

—¡Oh! Para el cultivo de las artes —dijo, volviendo la espalda al aparato—, se necesita una imaginación cuyo ardor y abundancia se contengan en los límites naturales; una imaginación que sea una facultad con sus atributos de tal, y no enfermedad como en mí, aberración, vicio orgánico. Esa preciosa facultad, aunque exuberante en algunos, no llega a dominar al individuo hasta el punto de imponerle una segunda vida; no es, como en mí, la mitad completa de la naturaleza. Yo no sé por qué vine al mundo con esta monstruosidad; yo no soy un hombre, o más bien dicho, soy como esos hombres repugnantes y deformes que andan por ahí mostrando miembros inverosímiles que escarnecen al Criador. Mi imaginación no es la potencia que crea, que da vida a seres intelectuales organizados y completos; es una potencia frenética en continuo ejercicio, que está produciendo sin cesar visiones y más visiones. Su trabajo semeja al del tornillo sin fin. Lo que de ella sale es como el hilo que sale del vellón y se tuerce en girar infinito sin concluir nunca. Este hilo no se acaba, y mientras yo tenga vida, llevaré esa devanadera en la cabeza, máquina de dolor que da vueltas sin cesar.

—Es verdad —dijo maquinalmente, admirado de que en su locura hubiera podido expresar tan bien y de un modo tan pintoresco el deplorable estado de su cabeza.

—Yo soy esclavo de esto —continuó—. Desde niño vengo padeciendo los estragos de mi imaginación. Ella en cincuenta años me ha hecho vivir trescientos. Sí; las falsas sensaciones que yo, aunque apartado del mundo, he experimentado en mi vida, suman las vidas de seis hombres; he vivido demasiado, porque la fantasía ha puesto en mi tiempo millones de días.

—Vamos —dije para mí, mientras hacía con la cabeza una respetuosa señal de asentimiento—; ya te engolfaste en tus manías, y eres hombre perdido por esta noche.

—Soy muy desgraciado, el más desgraciado de los hombres —prosiguió el doctor—. Mis desdichas no tienen igual en el mundo, ni se parecen a nada de lo que leemos. Otros hombres son mortificados dentro de su naturaleza, mientras yo me salgo en esto de la común ley de los dolores humanos; porque soy un ser doble: yo tengo otro dentro de mí, otro que me acompaña a todas partes y me esta siempre contando mil cosas que me tienen estremecido y en estado de perenne fiebre moral. Y lo peor es que esta fiebre no me consume como las fiebres del cuerpo. Al contrario: esto me vivifica; yo siento que esta llama interior parece como que regenera mi naturaleza, poniéndola en disposición de ser mortificada cada día.

—Es particular —dije, no comprendiendo nada de aquello de llama interior, y el ser doble, y el tornillo sin fin.

—No encuentro mi semejante en ninguna parte —prosiguió—. Únicamente puedo llamar prójimos a los místicos españoles, que han vivido una vida ideal completa, paralela a su vida efectiva. Estos tenían una obsesión, un *otro yo* metido en la cabeza. A veces he pensado en la existencia de un entozoario que ocupa la región de nuestro cerebro, que vivo aquí dentro, alimentándose con nuestra savia y pensando con nuestro pensamiento.

—¡Oh! explique usted eso un poco más —dije, satisfecho de ver entrar a don Anselmo por el camino de una extravagancia que parecía ser muy divertida.

—No es más que una idea vaga... Si yo pudiera exteriorizarme, expresar todo esto que hay en mí, de seguro se pasmarían muchos que hoy se ríen de mis cosas.

—¡Oh! Si usted escribiera sus memorias, don Anselmo —dije afectando mucha seriedad para que no desconfiase—, no habría en antiguos ni modernos quien le igualara.

—Es verdad —contestó don Anselmo, cuyos ojos se animaron con repentino fulgor. —Nadie me igualaría. Mi vida ha sido universal compendio de toda la vida humana: ¿no es verdad?

—¡Ah! sin duda. ¿Quién puede dudar eso?

—Usted, que me ha oído contar algunos sucesos, lo comprenderá. ¿No es verdad que no hay nada más maravilloso que mi matrimonio? ¿Usted no recuerda aquel original suceso que le he contado, cuando me encontré en presencia del más extraño fenómeno que se ha ofrecido a la observación humana?

—No recuerdo de qué habla usted.

—Mi matrimonio, sí: yo se lo he contado a usted. Lo que entonces se habló fue un embuste. Nadie supo la verdad de tan singular acontecimiento.

—A mí no me ha contado usted maldita de Dios la cosa —le dije, recordando que, a pesar de su franqueza y locuacidad, no había hablado nunca, sino muy oscuramente, de aquel misterioso asunto.

—¿Que no se lo he contado? Juraría que se lo referí punto por punto la otra noche.

—Aseguro a usted que no sé una palabra.

—¿No le conté a usted aquello de mi mujer, de aquel hombre... de aquel demonio...?

—Nada de eso sé.

—¿Yo no he hablado con usted de mi palacio?

—Del palacio sí, aunque ligeramente —dije recordando la fantástica pintura que de su casa hacía con frecuencia el doctor.

—¡Oh, estupendo, maravilloso! Mi padre tenía un grande amor a las artes. ¡Qué preciosidades, qué joyas!

—Sí, debía de ser magnífico —repetí para incitarlo a hablar y recrearme en el desborde siempre majestuoso de su verbosidad fecunda.

—Aún me parece que estoy allí —dijo con una especie de éxtasis—, y veo a mi mujer, andando lentamente y con majestad, como ella andaba; entrar allí, cerrar la puerta; me figuro que siento el ruido de sus vestidos al caer, el sonido de su grueso collar de ámbar al ser puesto en el platillo del guarda joyas.

—¡Oh! siga usted, siga.

—La media noche es fecunda en imaginaciones. Ella pasaba por delante de mí, dejando como un rastro de luz. Yo no dormía, porque estaba alerta, siempre con el oído atento a aquella voz abominable.

—¿A la voz de Elena?

—No, no —dijo con furor—; a la voz de... La sangre corrió de su herida...

—La señora estaba herida sin duda.

—No, él; lo cual no impedía que me mostrara su infame sonrisa y su mirada de demonio.

—Veo que ese es asunto complicado. ¿Anda en él alguna persona de quien yo no tenga noticia?

—Sí, usted le conoce, todos le conocen, anda por ahí. Yo le veo todos los días: hace pocas noches estuvo aquí.

—¿Quién?

—Ese... Pero voy a contárselo a usted formalmente —dijo como quien se decide, después de dudar mucho tiempo, a hacer una importante revelación—. Usted oiría hablar entonces de mi esposa, de mí; oiría mil necedades que distan mucho de la verdad. La verdad pura es lo que voy a contar ahora.

El doctor Anselmo empezó a hablar refiriendo su extraño suceso con prolijidad encantadora: no perdonaba recurso alguno de elocuencia; describía los sitios del modo más minucioso y tan al vivo, que seducía su lenguaje. Había, sin embargo, cierta vaguedad y confusión en el relato; y era preciso acostumbrarse a su peculiar estilo para encontrar el método misterioso que sin duda tenía. Al principio, como su fantasía estaba más suelta, divagaba de aquí para allí, entremezclaba la relación con sentencias de su cosecha, con apreciaciones que tenían a veces pasmosa originalidad y a veces una candidez cercana a la estulticia. Inútil es decir que había mucho de novelesco en todo aquello, y que en las descripciones, sobre todo, dejaba correr muy descuidadamente la lengua. Risa causaba oírle describir su palacio, que a ser como él decía, no tendría igual en los más florecientes tiempos de las artes. Dejaba afluir la vena de su erudición en llegando a este punto, y ni la razón le contenía, ni el temor de parecer mentiroso le refrenaba. No sabemos si las mentiras que contó y que vamos a transcribir, pueden tener, arregladas y metodizadas, algún interés y visos de sentido común. Tal vez resulten menos locas de lo que a primera vista parece; tal vez aparezca un rayo de lógica en ellas, si se las considera como creación metafísica; tal vez, sin saberlo el mismo doctor, había hecho un regular apólogo sacado del más amargo trance de su vida; y él, sin sospecharlo siquiera, al agregar a su cuento mil mentiras y exageraciones, había producido una pequeña obra de arte, propia para distraer y aun enseñar.

Poco antes de haber empezado, entró doña Mónica, a quien atraía el calor del hornillo, único rescoldo que había en la casa en las noches de invierno. Franqueza digna de los tiempos patriarcales reinaba entre los dos: ella tenía costumbre de arrimarse al aparato químico; y allí, si no hacia media, se quedaba dormida con una beatitud que el sabio no podía ver sin admiración. El escuálido gato, que parecía alimentado con cloruros y bromuros, dio algunos pasos por la habitación, como quien busca alguna cosa, probó varios sitios, se instaló primero en un libro, y después entre dos pilas de Volta, y al fin, no gustándole ninguna de estas cosas, vino a tenderse perezosamente entre los pies de la dueña.

El doctor Anselmo habló de esta manera:

IV

«Lo primero que voy a hacer es darle a usted una idea de cómo era mi palacio, aquel palacio que heredó de mi padre, el más entusiasta coleccionador de obras de arte que ha existido. Comprenderá usted, al conocer por mi relato aquella vivienda, que bien podía esperar la felicidad quien tales medios tuvo de satisfacerla: y al mismo tiempo le causará asombro que yo, joven, rico, dotado, aunque me esté mal el decirlo, de cualidades apreciables, fuera el más desgraciado ser de la tierra. Yo me casé muy a mi gusto, me casé satisfecho, lleno de entusiasmo, enamorado como un mozalbete: mi mujer habitó conmigo aquella casa hasta que murió. Verá usted cuántas cosas pasaron en tan pocos meses. ¡Qué inquisición, qué tormentos, qué horrible tortura moral!

»Mi casa estaba construida muy misteriosamente; al exterior no aparentaba nada de notable, pues no era más que un caserón de estos que han quedado en Madrid del siglo pasado. Interiormente estaban todas sus maravillas: como los alcázares de los árabes, fue construida por un gran egoísmo o una extremada reserva. Mi padre realizó allí un sueño, expresó todo lo que sabía o todo lo que había soñado. No sé qué medios empleó para ello, ni qué artífices trabajaron en la obra: parecía más bien cosa forjada por fuerzas superiores, obra salida de las entrañas de la tierra al empuje de una voluntad diabólica. Examinada detenidamente, se veía allí como la historia y el proceso del arte en todos tiempos.

»Mi padre era grande admirador de la antigüedad, y había querido representarla allí: más que delirio de un poderoso, era su casa la realización de un sueño de artista, delirio simbolizado en la opulencia, verdadera estética del millón. El jaspe, las estatuas, los relieves, las líneas entrantes y salientes, las molduras y reflejos, la tersa superficie del mármol del piso, que proyectaba a la inversa la construcción toda, la concavidad mitad sombría mitad luminosa de las bóvedas, la comunicación de las arquerías, el corte geométrico de las luces, la amplitud, la extensión, la altura, deslumbraban a todo el que por primera vez entraba en aquel recinto. A medida que se avanzaba, era más grandioso el espectáculo y se ofrecían a la contemplación espacios mayores y más bellos. Cada arquería abría paso a otro recinto, se entrecortaban las cornisas, engendrando en sus choques curvas más atrevidas; los arcos se transmitían sucesivamente la luz; y esa luz, corriendo de nave en nave para iluminar espacios cada vez mayores, parecía reproducir en escala creciente un sencillo plantel, como si obrara allí la potencia refractiva de enormes, y disimulados espejos.

—Bueno debía de ser eso —dije en un instante en que el doctor se detuvo para tomar aliento.

—No he hablado todavía más que del vestíbulo —afirmó—, lo demás...

—Pues si esto no es más que el vestíbulo, lo demás será cosa tan bella, que excederá a todo encarecimiento —observé sin poder contener mi asombro, al ver que las mentiras e hipérboles de mi amigo no tenían límite, y superaban a todo lo que en las cabezas más extraviadas y llenas de necedad estamos acostumbrados a ver.

—Internándose —continuó—, se veía que la arquitectura antigua dominaba allí, variando sus más hermosos estilos. El decorado era cada vez más bello, sin que la profusión perjudicara la pureza y armonía. Primero es reflejaba allí toda la graciosa sencillez de los antiguos templos de Atenas; las mismas formas adquirían después esbeltez y gallardía modificadas por la mano del arte jónico. Más adelante, la monótona tersura del mármol desaparecía entre los colores del jaspe, el dorado brillaba en los acantos del capitel corintio, en las dentículas y en las grecas. La figura humana principiaba a manifestarse en las claves del arco, en los relieves triangulares de las pechinas, en los monstruos híbridos que galopaban sobre el friso, en las cabezas de sátiro, en las máscaras grotescas, cuyas bocas, contraídas por la hilaridad anacreóntica, vomitaban flores y festones. Más allá, las hijas de la Caria soportaban el arquitrabe adornado con severidad; y ya la figura humana aparecía completa en el muro: los centauros a un lado, las amazonas a otro, sostenían sus luchas encarnizadas. Las ninfas agrupadas en el frontón coronaban de rosas la cabeza de la víctima propiciatoria; los atlantes sostenían encorvados el techo, mientras en los relieves se desarrollaban, magníficamente esculpidas, las fábulas todas de los grandes desfacedores de agravios de la Grecia, Hércules y Tosco. Las figuras eran mayores aquí, y las actitudes y formas tocaban el límite de perfección del ideal antiguo. Todas las figuras eran divinas, desde Prometeo a Dejanira; todos los monstruos eran hombres, desde Polifemo hasta Briareo... El cuadrúpedo mismo, modelado por tan hábil cincel, tenía una especie de humana expresión. Allí Pegaso, era un rey que trota y vuela, Cervero un esclavo, que ladra por tres bocas.

—Pero diga usted, para que hubiera tantas cosas era preciso un espacio inmenso —le dije, picado ya de las enormes bolas que me quería hacer tragar el bueno de don Anselmo, y deseoso de hacerle comprender, por si quería burlarse de mí, que no era tan crédulo para embucharme aquella máquina de desatinos.

La verdad era que ya estaba mareado con la pomposa descripción de columnas, jaspes, cariátides y otras mil baratijas engendradas en la mente de mi amigo. Yo sabía, por lo que oí referir a algunos viejos, que el tal palacio no tenía de particular más que algunos cuadrejos, algunos vasos y dos o tres estanterías vetustas que el padre de don Anselmo había comprado en una almoneda. No podía menos de extrañar que a la riqueza artística del palacio diera tales proporciones el alucinado narrador. Hícele algunos argumentos, extrañando que aquí, en Madrid, existiese tan copioso caudal de obras de arte; pero él no se dio por entendido y siguió en sus trece.

—En lo que parecía ser centro del edificio —añadió con cierta gravedad que no se podía ver sin ser tentado a risa—, y bajo elevadísima bóveda, veíanse innumerables obras de estatuaria. Había grupos representando los hechos más famosos de la fábula helénica, y figuras típicas de incomparable hermosura, significadas con los nombres de las divinidades que tienen atributos y representación más generales. Con los desastres de Áyax Oileo, y los horrores de Tántalo y Prometeo, formaba juego una serie de esculturas que expresaban las aventuras igualmente célebres del don Juan del Olimpo. Las pobres víctimas de su intemperancia eran gallardísimas figuras, en quienes se podían ver los efectos de una misma pasión con rasgos distintos, según el distinto aspecto con que se les presentaba el burlador inmortal. Todas eran igualmente bellas, sin que Europa se pareciese en nada a Latona, ni Leda tuviera semejanza alguna con Sémele. Júpiter era siempre el mismo Dios de concupiscencia y descaro, ya cuando aparecía en toda su majestad olímpica, ya convertido en toro, o disfrazado con las plumas del palmípedo.

—¡Qué diablo de Júpiter! Ese señor no perdonó casada ni doncella —observé yo, a ver si por las burlas le obligaba a cortar el vuelo de su disparatada fantasía.

Ni por esas. Don Anselmo continuó:

—Esto que he descrito no es en realidad más que un museo, la parte visible de la casa. La parte interior, lo habitable, era más curioso aún.

—¡Más curioso aún! —dije para mi capote—; ¡más curioso aún! ¡Medrados estamos! ¿A dónde vamos a parar? Pues sí todavía falta palacio, este hombre me va a marear esta noche.

—¡Lo que he descrito no es más que galerías!

—¡Nada más que galerías! ¡Qué horror! ¡Qué habrá en las salas y en las alcobas!— exclamé alarmado.

—La gran sala no se parecía en nada a aquellas magníficas construcciones donde imperaba la arquitectura. En sus paredes no había estilo: dominaba el detalle, y eran tan diversas las preciosidades allí acumuladas, que en vano intentaría describirlas y enumerarlas el más cachazudo clasificador.

—Buena me espera —pensé.

—Era un museo de artes de ornamentación, y aquí cada objeto era una maravilla, y la excelencia de cada uno disimulaba la abigarrada pero sorprendente perspectiva del conjunto. Muebles soberbios del Renacimiento, fecundo en prodigios de ebanistería; cornucopias venecianas; relojes del tiempo de Luis XV, adornados con figuras mitológicas, relieves de finísimo estuco, representando cacerías y bailes campestres; candelabros, bustos, trípodes y medallones se hallaban aglomerados en la pared y junto a ella, dejando entrever apenas la rica tapicería flamenca, cuyos colores, siempre frescos, revelaban el cartón de Teniers o de Brueghel. No faltaban esas caprichosas papeleras, cuyos diminutos repartimientos ostentan pequeñas figuras de consumado gusto, mosaicos e incrustaciones con palos de diferentes colores, y al lado de estas piezas, veladores con planchas de porcelana, en las cuales un delicado pincel había representado infinidad de célebres cortesanas. No lejos de estas bellezas terribles, había vasos antiguos y modernos, ánforas doradas con la filigrana del cincel arábigo, y jarros de la India y Oceanía, donde se enroscaban lagartos verdosos y alimañas de imaginación, toscamente labradas. Ídolos malabares de vientre hinchado, ombligo profundo y orejas descomunales se reían en un rincón con hilaridad de beodo o de simple; y más alla vistosos pájaros de América disecados, alternaban con conchas africanas, ramos de coral, un tríptico de la Edad Media, una cruz bizantina y relicarios egipcios, que...

—Basta, basta —grité levantándome—, basta; que ya se me trastorna la cabeza. Esa diabólica confusión de cosas que usted tenía no es para contada.

Sin duda todos los calderos y cachivaches de su casa se le antojaban al doctor vasos egipcios y cruces bizantinas. Él no se dio por ofendido con mi brusca interrupción, y muy entusiasmado prosiguió:

—Buscar la simetría en este museo hubiera sido destruir su principal encanto, que era la heterogeneidad y el desorden. Después de los primores geométricos de las galerías; después de la simetría cruel del dórico y de la regularidad deslumbradora del corintio, aquella mezcolanza de objetos diversos...

—No es tan grande como la que tú tienes en la cabeza —dije para mí, envidiando la suerte del gato, que dormía tranquilamente sin verse obligado a admira las maravillas del Renacimiento.

—Aquella mezcolanza de objetos, en algunos de los cuales se observaban órdenes multiplicados, la aglomeración de piezas, muebles, vasos, adornos, con el sello de países distintos y artes diferentes, la amalgama de cosas bellas, curiosas o raras halagaba el entendimiento oprimido hasta entonces por la simetría, y daba libertad a la vista, antes subyugada por la línea. Aquí los objetos reunidos con acertado desorden, las infinitas soluciones de continuidad, la ausencia completa de proporciones, producían inmenso agrado, y borrando todo punto de partida, evitaban al espectador la fatiga que produce el involuntario medir a que se entrega la vista en presencia de la arquitectura. Los interiores, cuando son bellos, son como los abismos: fascinan la vista, y el espectador no puede prescindir de arrojar mentalmente una plomada y trazar en el espacio multiplicadas líneas con que su imaginación trata de sondear el diámetro del arco, la altura de la fuste, y el radio de bóveda. En este involuntario trabajo mental, producido por la armonía, la simetría, la proporción y la esbeltez, se fatiga la mente y flaquea entre el cansancio y el asombro. Cuando no hay estilo y sí detalles; cuando no hay punto de vista, ni clave, la mirada no se fatiga, se espacia, se balancea, se pierde; pero permanece serena, porque no trata de medir, ni de comparar; se entrega a la confusión del espectáculo, y extraviándose se salva.

Al decir esto calló para tomar aliento. Tragueme la lección de perspectiva como Dios me dio a entender: la lección me parecía el colmo de lo confuso y embrollado; pero no puedo menos de confesar que el doctor me infundía respeto, y no me atreví a decir cosa alguna que pudiera ofenderle. Así es que, a pesar de mi aburrimiento, tuve que inclinar la cabeza. Después de descansar un momento, prosiguió.

«De este salón se pasaba a otros aposentos llenos de cuadros.

—Sí... ya comprendo: cuadros muy bonitos. Yo he visto muchos cuadros —indiqué para obligarle a apartar de mí la nueva tormenta que ya sentía venir encima.

—En una de estas habitaciones hallábase la clave del acontecimiento que voy a referir. Aún me parece que lo veo, y que está allí todavía, con su elocuente mirada, su sonrisa llena de perfidias y engaños.

—¿Quién estaba allí?

—Diré a usted; mi padre poseía una buena colección de cuadros un tanto licenciosos. Abundaban las desnudeces provocativas, casi deshonestas; había *jardines de amor*, bacanales, festines campestres y *tocadores de Venus*. El fundador de tal galería fue gran epicúreo, y gustaba de recrearse en aquellos mudos testigos y compañeros de sus orgías. Entre estas pinturas había una que sobresalía y cautivaba la atención más que las otras; representaba a Paris y Elena reposando en una fresca gruta de la isla de Cranaé. Hermoso era el rostro de la mujer de Menelao; pero el del joven troyano era más hermoso aún: habíale dado tal animación el pincel, que parecía que hablaba y que infundía a Elena sus pérfidos pensamientos. Siempre creí ver algo de viviente aquella figura, que a veces por una ilusión inexplicable parecía moverse y reír. A todos impresionaba, y especialmente a mí. Recuerde usted bien esto, para que no lo sea difícil comprender la narración que va a seguir. Voy a contar la espantosa historia.

—¿Con que en ese cuadrito de Paris comienza la historia? Debe de ser bonita.

—Ahora verá usted: yo me casé. Mi mujer vivía allí conmigo. ¡Cuánto la amaba! Al principio asaltábame el sentimiento de que mi vida sería corta, y apenas podría disfrutar de tanta felicidad; pero al poco tiempo de casado me entraron melancolías, di en cavilar... Yo soy un cavilador sempiterno. Adoraba a mi esposa, y tenía celos hasta del aire que respiraba.

—Ya se empieza a embrollar el asunto —dije entre mí—; el casamiento, el cuadro de Paris, el amor caviloso que tenía usted a su esposa... Esto es más confuso que el salón de antigüedades.

Y en verdad, ya me pesaba haber provocado la enfadosa relación del doctor, en la cual no encontraba interés alguno. Digresiones, extravagancias: a esto se reducía todo. Me resigné, sin embargo, a escuchar.

«Hubo en los primeros días de mi matrimonio —continuó—, momentos de inefable felicidad: me creí elevado, espiritualizado, loco; sentía como una inflamación cerebral, e impulsos de correr, gritar, hablar a todo el mundo. Mas de pronto caía en el abismo de mis cavilaciones, sumergiéndome en mi propia tristeza. Nadie me hacía decir palabra. Tenía clavada en el pensamiento mi idea, mi tormento. ¿No sabe usted lo que era?

—¿Qué he de saber, por mis pecados?

—¡Oh! —exclamó cerrando los puños, inflamado el rostro y con un vivísimo fulgor en sus ojos—, era que yo pensaba... Un día entré tarde en mi casa, entré y vi...

El doctor se paró un momento, absorto, ocultando la cabeza entre las manos, y permaneció un rato en silencio.

Este silencio me permitió un momento de descanso, y miré en derredor mío, donde todo era tranquilidad. Un gruñido sordo turbaba el silencio de la habitación: era doña Mónica, que roncaba, la cabeza como enterrada en el pecho, libre de cuidados, feliz, dando rienda suelta a su espíritu, que volaba libremente quién sabe por dónde. Sus labios, sombreados por un bigotillo, se extendían formando hocico, y por allí y por su aplastada y carnosa nariz, convertida por la violencia de la respiración en verdadero caño de órgano, salía la ruidosa sinfonía que turbaba el profundo silencio del laboratorio. El doctor, alzando de nuevo la cabeza, continuó:

«Mi boda fue repentina: no habían precedido más relaciones íntimas, furtivas, que enlazan las almas moralmente antes de ser atadas las personas por el nudo religioso y civil. Yo no había sido su novio; y aquello fue más bien cosa concertada por los padres, guiados por la conveniencia, que unión espontánea de dos amantes que se cansan de la vida platónica. Nos casamos no muchos días después de habernos conocido; y de aquí creo yo que provinieron todos mis males. Yo, no obstante, la amé mucho desde que resolví unirme a ella. Pero llegó el día, y no sé por qué, creí ver en su semblante más bien las señales de la resignación que las de la alegría, lo que me contristó sobremanera, y me hizo meditar; mas cuando vino a sospechar si habría hecho mal, ya estaba casado. Esto no impidió que tuviera momentos de felicidad como antes he dicho; pero pasaban rápidamente, dejándome después sumergido en mis meditaciones. ¿Sabe usted cual fue el tema de mi eterno cavilar? Pensaba de continuo en mi esposa, sospechando de su fidelidad para lo futuro; esta idea se clavó con tanta tenacidad en mi cerebro, que no me dejaba reposar. Me ocurrió que debía ser un tirano para ella, encerrarla, evitar todas las ocasiones de que pudiera engañarme: a veces fijaba mis ojos en los suyos, y quería leerle el pensamiento. El asombro con que ella ve a estas cosas mías, precisamente al poco tiempo de casados, no es para referido: por último empezó a tenerme miedo; y a la verdad, yo lo infundía a cualquiera con mi siniestra austeridad y reconcentración. Pugnaba por echar de mí aquella idea; llamaba a la razón; pero esta parecíame a veces más loca que la fantasía, y entre las dos me llevaban al último grado de tormento.

—¿Pero en qué se fundaba usted, hombre de Barrabás, para esa descabellada sospecha? —le pregunté, buscando un rayo de lógica en las cavilaciones del doctor Anselmo.

—En nada positivo por de pronto. Luego verá usted. Ella me tenía miedo: yo lo conocía. Pero esto es inexplicable, usted no puede comprenderlo.

Y en efecto, nada comprendía de semejante jerigonza, de aquellos hechos en que todo era confusión.

—Nada puede usted comprender por ahora, sino después, cuando le explique todo lo que me pasó. Un día estaba ella en esa habitación que he descrito últimamente; hallábase en pie junto al magnífico lienzo de Paris y Elena, de que hablé a usted. —«¡Qué hermosa figura!» —dijo señalando a Paris. —«Sí», repliqué yo mirándola también. Y los dos contemplamos un rato la belleza singular del incomparable mancebo. Después ella se marchó, y yo tras ella...

—Cada vez entiendo menos —dije para mis adentros.

—Esto que acabo de contar explicará un poco mi sorpresa, mi terror, cuando una noche entré en casa y vi...

—¿Pero qué? —pregunté, deseando saber lo que vio el doctor alucinado.

—Para que usted se haga cargo bien de esto, debo ponerle en antecedentes de muchas cosas que influyeron mucho en el nunca visto estado de mi espíritu. Aún recuerdo su alcoba, iluminada por misteriosa luz. Entro y veo allí sus ropas arrojadas en desorden, sus joyas... Presto atención y siento el ruido de su aliento: me acerco, tomo con trémula mano la cortina del lecho, la levanto, la veo... Me siento junto a la cama... sus labios se mueven, me parece que va a hablar... no dice nada, nada; pero a mí me parece que sus labios han articulado silenciosamente una palabra que no llega a mi oído... me acerco más... me parece que frunce las cejas y que después las dilata... fijo más la atención... me parece que se sonríe.

—Todo eso no explica nada —observó con cierto enojo al ver que de la boca del sabio no salían que embrollos.

—Todo eso, amigo mío, sirve para explicar a usted cuál sería mi estupor, mi espanto, cuando vi...

—¿Qué vio usted, hombre? Sepamos —dije con impaciencia.

—Vi, vi...

El doctor no pudo continuar, porque un ruido instantáneo, horroroso, una detonación tremenda, resonó en la habitación, y claridad vivísima, rojiza, infernal, nos iluminó a todos. Lanzamos un grito de terror. Era que una de las retortas que se calentaban en el hornillo reventó con estrépito: el doctor, con su narración, había olvidado el experimento, y el líquido, dilatándose considerablemente, y no encontrando salida, se abrió espacio, inflamándose al contacto del fuego. Hubo un instante en que aquello parecía un infierno y todos unos demonios. Doña Mónica despertó despavorida gritando: «¡Fuego, fuego!» y se desmayó enseguida, cayendo como un saco, y aplastando con su cabeza la guitarra que muy cerca de ella estaba. El gato, que recibió en su cuerpo una gran cantidad del líquido hirviente, saltó de donde estaba lanzando chillidos de desesperación: el pobre mayaba, corría con el polo inflamado, los ojos como llamas, quemados los bigotes; corría por toda la pieza con velocidad vertiginosa; subió, bajó, encaramose al Cristo, saltándolo de los pies a la cabeza, de un brazo a otro brazo, cayó sobre un caracol, resbaló por las botas de montar, enredose en las ramas de coral, brincó sobre el esqueleto, cuyos huesos sonaron rasguñados frenéticamente; cayó de nuevo al suelo, se abalanzó sobre un ave disecada, cuyas plumas volaron por primera vez después de un siglo de quietud; se estiró, se dobló, se retorció el infeliz, porque sus carnes rechinaban como si estuviera puesto en parrillas; corría, corría sin cesar, huyendo de sí mismo y de sus propios dolores, y por último fue a caer, hinchado, dolorido, convulso, sediento, erizado, rabioso, en medio de la sala, donde pateó, mayó, clavó las uñas, azotó el suelo con el rabo, y dio mil vueltas en su lenta y horrorosa agonía.

Capítulo II. La obsesión

I

Por fin sofocamos el fuego con gran trabajo, impidiendo que se propagara la llama y nos consumiera a todos. La única víctima fue el infeliz animal, que, habiendo recibido en su piel el líquido hirviente, ardió como una mecha y pereció, según dijimos, con dolores espantosos. Igual suerte cupo a una buena parte del delantal de doña Mónica, donde abrió la llama un boquete, después de haberle quemado a la señora los dedos al tratar de apagarlo. El sabio no tuvo más serio percance que la total pérdida de un mechón de cabellos, que con inveterada tenacidad, más rebelde a la acción del tiempo que a la de la pomada, se adelantaba sobre su sien derecha. Por fin se apagó el incendio, y habiéndose marchado la vieja hecha un veneno a causa del percance, que atribuía a las *brujerías del amo*, y dolorida por el triste fin del micho, a quien apreciaba de corazón, el doctor continuó de esta manera:

—Yo no sé en qué fundaba mis sospechas: yo sé que las tenía. Entraron en mí como entran las ideas innatas; mejor dicho, estaban en mí, según creo, desde el nacer, ¡qué sé yo! desde el principio, desde más allá. Yo no sé qué espíritu diabólico es el que viene a decirnos ciertas cosas al oído cuando estamos entregados a la meditación; yo no sé quién forja esos raciocinios que entran en nuestro cerebro ya hechos, firmes, exactos, con su lógica infernal y su evidencia terrible. Un día entraba yo —escuche usted bien—, entraba yo en mi casa, dominado por estos pensamientos: cuando me acerqué a la habitación de Elena, creí sentir una voz de hombre que hablaba muy quedo allí dentro; la voz calló de pronto... Advertían mi llegada... Después me pareció sentir pasos precipitados, como quien huye, procurando hacer el menor ruido posible. No puedo dar idea del repentino furor que se apoderó de mí; me cegué, corrí, me abalancé a la puerta, la empujé fuertemente, la abrí de un golpe con tanto estrépito, que las paredes se estremecieron con esa convulsión intensa de los edificios cuando los combates, la tempestad, o tiembla la tierra en que están cimentados.

—Terribles fuerzas tiene usted —dije irónicamente, reparando cuán poca semejanza había entre mi desdichado amigo y el tipo que de Sansón nos hemos figurado.

—Sí, la puerta se abrió, y Elena se presentó ante mí despavorida, trémula, con tan marcadas señales de espanto, que me detuve sobrecogido yo a mi vez. Mi primera mirada escudriñó la habitación en un segundo. No había allí ningún hombre; la ventana no estaba abierta; la puerta interior cerrada también; era imposible que en el instante que medió entre el ruido de la voz y mi entrada, pudieran ser echadas las llaves y cerrojos, no habiendo tiempo material tampoco de que una persona saliese por la puerta o saltara por la ventana. Registré todo; no vi nada. Pero yo había oído aquella voz, estaba seguro de ello, y no era fácil que me convencieran de lo contrario ni la evidencia de no encontrar allí hombre alguno, ni las ardientes protestas de Elena, que en su dolor halló palabras bastante fuertes para increparme y me llamó visionario y loco. Juromé que estaba sola; que al entrar yo de aquella manera creyó morirse de miedo, y que no podía explicarse mi conducta sino por una completa alteración de mis facultades intelectuales.

—¡Qué extrañas ideas! —dije yo considerando cuál debía de ser el terror de aquella infeliz al ver entrar repentinamente a su marido, furioso y extraviado, asegurando que había oído la voz de un hombre dentro de la habitación.

—Extrañas, sí —contestó el doctor—; pero cada vez más vivas y más claras. Yo no podía desechar mi idea; la impresión que en mi oído había hecho la voz era tal, que aún me dura, y entonces, solo dudando de mi existencia, solo creyendo que no era persona real, podía tomar aquello por ilusión. No lo era ciertamente, y mucho más me confirmé en ello cuando a la noche siguiente...

—¡Pobre mujer! ¡Qué noche! Sin duda volvió usted hacer la noche siguiente otras atrocidades por el estilo.

—Sí —continuó—, a la noche siguiente presencié un fenómeno que ya me quitó la esperanza de ver claro en aquel asunto. Lo que me pasó, amigo, excede ya los límites de lo natural, y aún hoy es para mí la confusión de las confusiones. Entré en mi casa, y vagué largo rato solo y abstraído por aquellos salones, donde todo me causaba pesadumbre y hastío: pasé por aquella sala que eh descrito, donde se hallaba el cuadro de Paris y Elena, y me helé de asombro al ver... Es el fenómeno más estupendo que puede concebirse. La figura de Paris no estaba en el lienzo. Creí equivocarme, me acerqué, toqué la tela, encendí muchas luces, miré, remiré... La figura de Paris ¡ay! había desaparecido; estaba sola Elena, y la expresión de su cara había cambiado por completo, siendo triste y desconsolada la que antes aparecía satisfecha y feliz. ¿Qué infernal pintura era aquella, en que una figura se evaporaba, se borraba, se iba como si tuviera cuerpo y vida? No podía yo dejar de contemplar el maldito cuadro, y decía: «¿Pero dónde está este diablo de hombre?».

—Sí: ¿dónde estaba ese diablo de hombre? —pregunté a mi vez, sorprendido de que la alucinación del doctor llegara a tal extremo. —¿Dónde estaba ese diablo de hombre?

—¿Dónde estaba? Atraído por una fuerza irresistible, por mis pensamientos, por mis celos, corrí al cuarto de mi esposa. Al acercarme sentí la misma voz que la noche anterior, los mismos pasos. No puedo describir mi furor. «Era cierto lo de anoche» pensé, y me arrojé hacia la puerta. «¡Oh! ¡han cerrado! —exclamé, y golpeándola fuertemente, mejor dicho, arrojando sobre ella todo el peso de mi cuerpo, la abrí rompiéndola. Al entrar vi que la ventana que da al jardín estaba abierta, y que una sombra, un bulto, un hombre saltaba por ella. Esto fue tan rápido, que apenas lo vi; no vi más que su cabeza en el momento de desaparecer, sus manos en el instante de desasirse del antepecho. Corrí, me asomó y no vi nada; la noche era oscurísima. Solo creí sentir el golpe de un cuerpo que cae. Elena me miraba atónita, con un pavor indescriptible; perdió el sentido, y esta vez no pudo decirme que era visionario y loco, porque le faltó el habla y cayó a mis pies como una muerta. Mi afán era perseguir a aquel hombre hasta encontrarle, hasta matarlo. Bajé precipitadamente al jardín, y le recorrí con ansiedad imposible de describir: las tapias eran muy altas, y por diestro y ágil que fuera un hombre, no podía saltarlas en el breve espacio de tiempo que yo tardé en bajar. Registré todo: en el jardín no había nadie; pero este se comunicaba con un patio solitario de elevadísimas paredes; fui allá y, apenas había dado algunos pasos, cuando vi una sombra que se deslizaba cautelosamente por entre los montones de piedras que allí había para construir uno de los pabellones del palacio. Me puse en acecho a ver si efectivamente era un hombre o una imagen de esas que crean, confabulándose, la noche y la imaginación. Era un hombre; lo vi andar agachándome para no ser descubierto, y no sé por qué, me parecía que, a pesar de la oscuridad de la noche, distinguía en su rostro las facciones de aquella figura pintada, cuya desaparición del cuadro me daba tanta inquietud y confusión. La sombra, el hombre o lo que fuera, se acercó muy despacio y siempre recatándose, a un pozo sin brocal que allí había, de esos que abren los albañiles durante una construcción para tener el agua más a mano. Con asombro mío, se introdujo en el pozo lentamente; vi su cuerpo bajar poco a poco y desaparecer: después no vi más que el busto, después la cabeza tan solo, por fin una mano que permaneció agarrada al borde. Estuvo un rato indeciso y mirando atentamente aquello. Un momento después sacó con lentitud y cautela la cabeza, como para ver si yo le observaba, y enseguida la escondió repentinamente. La mano desapareció al fin.

»Acerqueme entonces, y vino a mi imaginación una venganza terrible. Como si mi cuerpo obedeciera todo a mi desenfrenada pasión, sentí duplicarse mis fuerzas y adquirí un vigor extraordinario; cogí la piedra más grande que podía levantar, la alcé con ambas manos a la altura de mi cabeza, me puse de un salto en la orilla del pozo y la arrojé dentro, impeliéndola vigorosa, porque me parecía que su propio peso no bastaba. Cogí después otra mayor, y con la misma furia la arrojé también; no deteniéndome hasta asir la tercera, porque el furor me redoblaba las fuerzas. En diez minutos arrojé dentro más de cincuenta piedras. Esto no me parecía bastante; empuñé una pala que allí cerca había, y eché tierra por espacio de media hora. Volví a arrojar piedras, y dos horas después de un trabajo incesante, el pozo había desaparecido y el piso quedó perfectamente nivelado. Aún me pareció poco, y me senté sobre mi obra exaltado, trémulo de fatiga, permaneciendo allí toda la noche como centinela de mi victoria, convertido en cenotafio de aquella tumba para velarla y cubrirla. A veces parecíame que un Titán levantaba desde abajo todas las piedras y toda la tierra que yo arrojé. Hubiera querido ser estatua y ser de plomo para pesar sobre mi víctima eternamente. La aurora vino a dar alguna luz a mi entendimiento. «¿Qué he hecho, Dios mío? —dije retirándome y buscando en los recursos ordinarios de la lógica la solución de aquel enigma—; ¿era realmente un hombre o no?».

—Es preciso confesar, amigo —dije sin poderme contener—, que si era hombre, fue usted un bárbaro, y si era sombra fue usted un necio.

—No se me juzgue sin conocer el resto —continuó—. Cuando subí, mi primera diligencia fue mirar de nuevo el cuadro de Paris. La figura del hombre estaba en su sitio. Pero no pude contener un estremecimiento de terror y un frío glacial cuando el rostro pintado del troyano se volvió hacia mí, me miró, y se rio el maldito, con expresión tal de burla, que se me erizaron los cabellos.

—Eso sí que es particular —dije yo—, y excede en rareza a todo lo anterior.

—¿No es verdad, amigo, que esto parece un cuento inverosímil?

—¡Ya lo creo! ¡y tan inverosímil!

—Aquel día —prosiguió—, la consternación reinaba en el cuarto de mi mujer. Rodeábanla sus padres y algunos parientes oficiosos, de esos que acuden a todos los trances, aun cuando no sean llamados. Lloraba ella, y el iracundo conde de Torbellino, su padre, aseguraba que había casado a su hija con el más fiero de los monstruos imaginables. Su madre, que era una vieja coqueta, procuraba consolarla, diciendo que no hiciese caso de mis extravagancias, y tomara con calma aquellos arrebatos de frenesí que tanto la mortificaban. Cuando quedamos solos, Elena, arrojada a mis plantas, protestó de su inocencia, añadiendo que todo era una pura aprensión mía; que allí no había entrado hombre alguno; que por el balcón no había bajado nadie; que la puerta estaba abierta; en fin, tantas y tales cosas, que yo aferrado siempre a mi idea, y seguro de la realidad de lo que había visto, fluctuando en las más atroces dudas, porque su voz tenía el acento de profunda entereza, creí volverme loco, y a ello me conducía sin remedio aquella fatal y nunca vista situación.

—Pero hombre de Dios —le dije—, ¿no había algún medio de adquirir una completa certidumbre?

—Ninguno, porque todo de volvía en mi daño, porque cada día me llevaba a un nuevo suplicio, siendo tales los sucesos anormales, que no me daban tiempo de reposar, buscando serenidad y luz. Los acontecimientos que he referido a usted no son más que la preparación o el prólogo de los que ahora le voy a contar, que es cosa sin igual en la vida, pues no tengo noticia de que a ningún ser humano le haya acaecido tan extraordinaria y profundísima desventura. En algunos momentos hallábame satisfecho de mí mismo, porque creía haber puesto, con mi decisiva acción de la noche, término a aquel incidente funesto. Dábalo todo por concluido; y cuando tal pensaba, ni la idea de haber cometido un gran crimen bastaba a calmar el gozo que por tal consideración sentía. Pero... oiga usted esto, que es el colmo de lo maravilloso. Paseábame en mi cuarto, entregado a mis normales meditaciones, cuando dieron unos golpecitos en la puerta: me admiró que alguien entrara sin ser anunciado, y dije: «adelante». Figúrese usted, amigo, cuál sería mi estupor cuando vi entrar en mi aposento... ¿a quién cree usted? al mismo Paris, la misma figura del cuadro, pero animado, vivo; un hombre, en fin, un semidiós con levita, sombrero, guantes y bastón; un bello ideal convertido en caballero del día, como otros muchos que van por ahí. Era su rostro malicioso y agraciado, irónica su sonrisa, la mirada penetrante y viva, el mismo Paris, la misma persona del lienzo, hecha un ser real, un hombre del siglo XIX. Juzgad de mi turbación; creí soñar; retrocedí espantado, quise llamar, ocurrióme huir; pero él, descubriéndose respetuosamente y haciéndome algunas cortesías, acabó de convencerme de que tenía ante la vista a un caballero real y positivo, a quien por de pronto debía tratar como tal, correspondiendo a su mucha urbanidad y finura.

II

—Sabe usted, amigo don Anselmo, que eso ya pasa de maravilloso —le dije—. ¿Pero es posible que la imaginación, por ardiente que sea, tenga fuerza bastante para dar cuerpo a una idea de este modo?

—Yo no sé, amigo mío —contestó—; yo no sé lo que era aquello: no sé sino que yo le veía, como le estoy viendo a usted ahora. Era hermoso; de una belleza no común, un conjunto de todas las perfecciones físicas, tal como yo no lo había visto nunca, a no ser en las obras del arte antiguo. Vestía con elegancia correcta y seria, como todos los que tienen el verdadero sentido y la exacta noción del vestir bien: era, en fin, perfecto en su rostro, en su cuerpo, en su traje, en sus modales, en todo.

—¡Cosa más particular! —exclamé—; ¿pero usted no le tocó, no trató de cerciorarse si era sueño, aparición, uno de esos singulares e incomprensibles fenómenos ópticos, que, cuando hay fantasía preparada para recibirlos, produce la reflexión de la luz?

—Yo no sé lo que aquello era: lo que sí puedo asegurar es que tenia cuerpo real, como el de usted, como el mío, y una voz cuyo timbre no era parecido a otro alguno.

—Pues qué, ¿también habló? —dije asombrado—. Yo creí que se iba a marchar después de saludar a usted como hacen todas las apariciones.

—¡Marcharse! nada de eso. Verá usted. Al principio no sabía yo qué hacer; no sabía si llamar o huir, temiendo que de aquella visita no resultara cosa buena; pero por último me esforcé en tener serenidad, y después de balbucir algunas palabras, lo señalé un asiento. Resolvime a hablar claro, y dije:

—«¿Puedo saber...?».

—«¿A qué vengo? —contestó—. Sí, señor; vengo a hacerle a usted un señalado favor».

—«Un favor...? Tenga usted la bondad de explicarse, porque no estoy al cabo... No tengo el gusto de conocerlo».

—«Sí, me conoce usted y no hace mucho —dijo con maligna sonrisa—; anoche sin ir más lejos...».

—«¡Anoche!».

—«Sí, anoche. ¿No se acuerda usted de aquel furor con que arrojaba piedras en un pozo, consiguiendo llenarlo al fin?».

Estas palabras y su sonrisa me helaron la sangre en las venas. Él no parecía preocuparse de mi turbación, y continuó:

«Precisamente venía a hablar con usted y decirle que son inútiles todas esas armas que ha tratado de emplear contra mí. Ha de saber usted, caballero, que yo soy inmortal».

No puedo pintar a usted la turbación que en mí produjo esta palabra: ¡Inmortal! «Pero este hombre es el demonio» —me dije yo para mí, y no podía hablar palabra, porque se me había hecho un nudo en la garganta.

—«Sí señor, inmortal —repitió con desenfado».

—«¿Y quién es usted? —pregunté haciendo un esfuerzo».

—«Yo soy Paris».

—«¡Paris! yo creí que eso era cosa de mitología o historia heroica».

—«Así es efectivamente; pero ahora no hagamos una disertación sobre mi nombre y origen; yo tengo prisa, y no puedo detenerme aquí mucho tiempo. El objeto de mi visita es decir a usted que se cansa en vano persiguiéndome: a mí no se me mata con puñales ni pistolas, ni enterrándome vivo. Resígnese usted ¡oh don Anselmo! Todo es inútil: no hay más remedio que bajar la cabeza y callar. Alguien allá arriba ha dispuesto las cosas de este modo».

—«Caballero —dije en el colmo de la ansiedad, y procurando dominar tan singular situación—, advierto a usted que no puedo tolerar burlas de esta clase. Tenga usted la bondad de salir».

—«Poco a poco, señor mío; usted tiene mal genio; usted es insoportable; así a inspirado tanto horror a la pobre Elena».

—«¿Cómo se atreve usted a nombrarla?».

—«¿Por qué no? ¡si ella me ama! —exclamó sonriendo».

—«¡Monstruo! —grité levantándome con furia y amenazándole—, calla, o si no aquí mismo...».

—¡Cuidado! —dije a mi vez haciéndome un poco atrás, al ver que don Anselmo, contando aquel pasaje, se levantó dirigiéndose a mí con los puños cerrados, como si yo fuera la infernal aparición que tanto le había atormentado.

—Recordando aquello —prosiguió más Sereno el doctor—, me exaspero de tal modo, que no me puedo contener. Cuando yo le amenacé, él se quedó tan frío como si tal cosa. Se sonrió y me miró con esa compasión desdeñosa y un tanto burlona que inspiran los hechos y palabras de locos. Su serenidad me desesperaba más, su sonrisa me mataba: no sé qué hubiera dado por poder estrangularle. Después, como si mi cólera tuviera tanto valor como las rabietas de un niño, Paris continuó:

—«Ella me ama; nos amamos, nos presentimos, nos acercamos por ley fatal, usted me pregunta quién soy: voy a ver si puedo hacérselo comprender. Yo soy lo que usted teme, lo que usted piensa. Esta idea fija que tiene usted en el entendimiento soy yo. Pero existo desde el principio del mundo. Mi edad es la del género humano, y he recorrido todos los países del mundo donde los hombres han instituido una sociedad, una familia, una tribu. En algunas partes me han llamado *Demonio de la felicidad conyugal*, pero yo he despreciado siempre este apodo y otros parecidos, y me he resuelto a no llevar nombre fijo; así es que me llamo Paris, Egisto, Norris, Paolo, Buckingham, Beltrán de la Cueva, etc., según la tierra que piso y las personas con quienes trato.

»En cuanto a mi influencia en los altos destinos de la humanidad, diré que he encendido guerras atroces, dando ocasión a los mayores desastres públicos y domésticos. En todas las religiones hay un decretito contra mí, sobre todo en al vuestra, que me consagra entero el último de los mandamientos. Los moralistas se han atrevido a desafiarme, y los filósofos han tenido el mal gusto de publicar unos libelos impertinentes contra mi humilde persona, permitiéndose algunos hasta la tentativa de emplear medios para extirparme de raíz, ¡imbéciles! como si yo fuera un callo o un abceso. Han pretendido acabar conmigo; como si yo pudiera perecer, como si la inmortalidad estuviera sujeta a la acción de los agentes mortíferos de que disponen. Así es que por decoro y amor propio me veo en la precisión de continuar desempeñando mi papel de plaga con toda la diligencia y recursos de que mi doble naturaleza es capaz. Aquí me ve usted siempre activo, siempre eficaz: los grandes centros de población son mi residencia preferida, porque ha de saber usted que los campos, las aldeas, los villorrios me son antipáticos, y solo de tiempo en tiempo me tomo la molestia de visitarlos por pura curiosidad. En las capitales es donde me gusta vivir. ¡Oh! siempre he amado estos sitios, dónde la comodidad, la refinada cultura y la elegante holgazanería me ofrecen sus invencibles armas y eficacísimos medios. La esplendidez y la voluptuosidad me gustan: soy tan sibarita como mi antigua amiga Semíramis, a quien di la inmortalidad. Crea usted, amigo, que Babilonia valía más que estas poblaciones de que están ustedes tan envanecidos; sí valía más. Y en cuanto a vestidos, prefiero los ligeros cendales de los antiguos tiempos, y me molesta el tener que doblegarme a las exigencias del pudor moderno, ente maligno a quien no he podido sobornar sino a medias, en punto a trajes. Por lo demás, no me va mal; los moralistas me vituperan, y los filosofastros me tratan como si fuera un mal sofista; pero me importa poco. Los que no son suficientemente tontos, ni han perdido todo el seso necesario para ser filósofos, me aplauden, me miman, me señalan cuando me ven; las mujeres son mis más sinceras amigas, aunque algunas me tratan con cierta desconfianza, producida más bine por las calumnias de los sabios que por mi propio carácter: otras se muestran un tanto benignas conmigo, y algunas me hablan de sus maridos en un estilo que me hace reír. Esa es mi literatura.

»Por otra parte, yo no soy ambicioso; soy de los que dicen: *tengo lo que me basta*, y detesto la anarquía conyugal, procurando aplacarla siempre, en unión con algunos moralistas modernos, que saben el modo de no provocar esa anarquía, cultivando mi amistad, siempre desinteresada. No me gusta el escándalo, y siempre pongo en práctica los más silenciosos medios para llegar a un fin más silencioso aún: ya ha abandonado el medio antiguo y desacreditado de los escalamientos, de las sorpresas, de los sobornos, por distinguirme, de cierta falsificación mía que anda por el mundo, un tal *don Juan*, que es un usurpador insolente, y además una plaga poco temible. Con que, amigo, no asustarse, y concluyamos pronto. Sepa, que está escrito, como diría un musulmán. Soy como la muerte; suena la hora y vengo. Evitarme es tan imposible como evitar a mi cofrade».

Cuando oí esta relación, resolví hacer un esfuerzo a ver si podía descifrar el espantoso enigma. Afectando una serenidad que no tenía, y tomando el asunto con la calma decorosa que me pareció conveniente, me levanté y dije:

—«Caballero: sepa usted que estoy dispuesto a no tolerar sus inconveniencias. Sepa usted que tengo la edad suficiente para no creer en brujerías, ni la paciencia que se necesita para sufrir las locuras de usted».

—«Este hombre no me quiere entender: ¿sabe usted que Elena es mía? —dijo después de reír con estrépito, con la expresión de desahogo que da la resolución de no alterarse por nada».

—«No pronuncie usted más ese nombre —grité sin poder contener mi cólera».

—«Pero si precisamente vengo por ella... —dijo Paris con una acentuación maligna que me erizó el cabello».

—«¡Infame! ¿Qué dices? ¡Por ella! —exclamé arrebatado.

—«Sí, por ella: anoche quedamos de acuerdo, y...».

—«¿Anoche?¡Ay, yo estoy loco! Demonio, hombre infernal, o lo que seas; explícame este oscuro enigma; yo no puedo vivir así; yo quiero saber qué es esto... Pero Elena es inocente: ella me ha jurado que no te ha visto jamás».

—«Sí me ha visto».

—«¿Cuándo?».

—«Siempre, a todas horas. Pero usted no entiende estas cosas; voy a explicárselo claramente».

III

Descansó mi don Anselmo un rato, porque la relación anterior, con sus diálogos entrecortados, le había fatigado mucho. Cuando reposó un momento, procurando calmar la agitación que le devoraba, siguió el relato del modo siguiente:

«La sombra, el demonio, el semidiós, la pintura o lo que fuera, me miró un rato con aquella sonrisa maliciosa que tan bien ejecutara el artista en el cuadro donde anteriormente estaba, y después me dijo:

—«Ella me ha visto, sí, me ve en todas partes. Cuando pronunció aquel *sí* copulativo, que tan envanecido tiene a su esposo, me vio en el altar, en las luces, en el blanco ropaje de su vestido, en los negros paños del frac de usted. Desde entonces me encuentra en todas partes; en todos los reflejos halla la luz de mis miradas, en todos los ecos oye mi voz, en su propia sombra ve la mía... Abre su libro de oraciones, y las letras se mueven para formar mi nombre; habla con Dios, y sin querer me habla; cree escuchar el ruido del aire, el sonido profundo y perenne de la naturaleza, y escucha mis palabras; está despierta, y me espera; está sola y me recuerda, duerme y me invoca. Su imaginación vuela agitada en busca mía sin reposar nunca. Yo vivo en su conciencia, donde estoy tejiendo sin cesar una tela sin fin; vivo en su entendimiento, donde he encendido una llama que alimento sin tregua. Sus sentimientos; sus ideas, todo eso soy yo; con que a ver si tengo motivos para decir que me ha visto».

—«¡Espíritu infernal! —grité aturdido y como fascinado—, yo no comprendo una palabra de esa jerigonza. ¿No dices que vienes por ella?».

—«Sí».

—«¡Infame! Sal al punto de mi casa —exclamé, procurando sacudir mi aturdimiento».

—«No me iré sin ella».

—«¡Maldito! ¿Pues no dices que pasó la época de los raptos?».

—«Me explicaré: lo que yo quiero llevarme no es la persona de Elena; lo que yo quiero llevarme es tu mujer».

—«Sofista, embrollón: ¿y qué diferencia encuentras entre mi mujer y la persona de Elena?».

—«Mucha, señor don Anselmo amigo —contestó».

«Hízome una relación sutil y laberíntica que acabó de llevar mi pobre cabeza al último grado de turbación. No menos de confesar que su voz me fascinaba, y que me parecía distinta de todas las voces que estamos acostumbrados a oír. Y si dijera que en medio del espanto, del trastorno que yo sentía, causábanme sus lucubraciones cierto asombro parecido al agrado, no mentiría ciertamente.

—Confieso, señor don Anselmo —dije—, que nunca he oído narrar cosa alguna que se parezca a ese singular caso de usted. La aparición que se presenta de ese modo, en lenguaje, la familiaridad con que habla, todo me parece tan absurdo, que a no ser usted el que lo cuenta, lo juzgaría pura invención, obra de escritorzuelos y demás gente enemiga de la verdad.

—Pues es tan cierto que lo vi y lo hablé y me dijo lo que he referido, como es cierto que usted y yo existimos y estamos aquí charlando.

—En verdad, es cosa inaudita —apunté yo—, que la imaginación, sin ninguna influencia externa, pueda dar vida y cuerpo a seres como ese diablo de Paris que a usted se le presentó tan a deshora. Es indudable que ese caballero no era otra cosa que la personificación de una idea, de aquella idea constante, tenaz, que usted desde tiempo atrás, y principalmente desde su boda, tenía encajada en el cerebro. Lo que no puedo explicarme es cómo adquirió existencia material y corpórea esa idea: ni sé a qué clase de generaciones espontáneas se debió ese fenómeno sin precedente en la historia de las alucinaciones. Pero siga contando a ver en qué para eso.

—Lo que él me dijo se ha quedado grabado en mi memoria de un modo indeleble —continuó el doctor dando un suspiro—. Nada tengo tan presente como lo que me contestó cuando le pregunté qué diferencia había para él entre la persona de Elena y mi mujer. Habló de este modo:

«Yo no quiero la persona de tu mujer. La esposa, amigo mío, la esposa es lo que busco; quiero cargar con la mitad de su lecho de usted y enseñárselo a todo el mundo. No quiero romper por eso la institución: yo respeto el sacramento... Tres poderes establecen el matrimonio: el civil, el eclesiástico y otro que no está en manos del vicario ni del cura y sí en manos de eso que llamáis vulgo, sociedad, gente, canalla, vecinos, amigos, mundo, en fin. Ya sabe usted que el mundo rompe ciertos lazos que parecen inquebrantables. Pues bien: yo quiero llevarme de aquí lo que el mundo necesita para quebrantar esos lazos; quiero llevarme la abdicación de la personalidad del marido, el consentimiento de su flaqueza. Así daré alimento al vulgo, a la gente que vive de esto. Todos me preguntarán por ti y por ella; mas mi sola presencia es respuesta definitiva, porque yo soy por mí mismo la negación del lazo que os une. Quiero llevar fuera el amor que ella me profesa; hacer público lo que hoy está solo en su imaginación, un mal pensamiento, lo que hoy está solo en tu cabeza, una sospecha. Quiero hacer de tus dudas, de tus celos, de tus decepciones, de tus tonterías, de tus deseos, de tus locas ilusiones, un gran libro que pasará de mano en mano y será leído y releído con afán. Quiero sacar de aquí los dolores que padeces, la repugnancia y el horror que le inspiras. Quédate con su persona: yo no la apetezco.

»Lo que llevaré y sacaré a pública plaza, es: las miradas que me dirige, las citas que me da, los favores que me concede, los desaires que te hace, las reticencias que deja escapar hablando de ti, el epíteto de *bueno* que te propinará de vez en cuando. Lo que me llevaré es la opinión de su doncella, de tu lacayo, prontos a contar por dinero una historia, me llevaré la clave de tus distracciones oportunas, de mis entradas a tiempo. Quédate con tu esposa: yo no haré más que pasearme ante ella y ante todos, recibir la exhalación de sus ojos en presencia de centenares de personas, difundir por mi cuerpo su perfume favorito, recorrer las calles de modo que en cualquier parte parezca que salgo de aquí, y en la oscuridad de la noche proyectar mi sombra sobre las tapias de tu jardín. Eso es lo que yo quiero».

«Cuando escuche esto, amigo mío, mi furor fue tan grande, que hice algún movimiento para pegarle: y lo habría conseguido, si una fuerza secreta, una especie de terror como respetuoso no me contuviera.

—Veo que ese Paris, que se presentó cortésmente en su casa, acabó por tratarlo con familiaridad irreverente —le dije—. He notado que al fin le tuteaba a usted.

—Sí; aquel maldito, a poco de estar hablando conmigo, se dejó de composturas; tomaba en el sillón posiciones cómodas; me tuteaba; a veces se paseaba por el cuarto con las manos en los bolsillos, y por último, sacó un cigarro y se puso a fumar con toda franqueza.

—Pero hombre —le dije—, ¿por qué no probó usted a ver si con una buena paliza se disipaba la sombra?

—Vea usted lo que hice. Mi situación era tan terrible, que resolví tomar una determinación enérgica. «Es preciso acabar de una vez» pensé; y plantándome delante de él, le dije:

—«Caballero, esto es una superchería y usted un farsante que ha venido aquí a burlarse de mí. ¿Piensa usted que creo en esas tonterías que ha contado de su doble naturaleza, de que es inmortal, etc.? Yo no soy ningún loco para creer eso. Voy a romperle a usted la crisma hoy mismo, ¿lo entiende usted bien?».

—«¿Quieres batirte conmigo? —dijo con familiaridad burlesca—. Bueno; nos batiremos, te mataré que es lo mismo».

—«¡Oh! Me batiré con una legión como tú —grité en el colmo de la rabia—; te mataré, te degollaré con más deleite que si venciera a un tigre, a un boa».

—«Pues lo dicho dicho».

—«Te mataré —continué con redoblada furia—, aunque te protejan todas las potencias infernales. No sé manejar ningún arma; pero Dios vendrá en mi ayuda. Dices que has venido a quitarme mi honor. Pues yo prevaleceré contra ti, malvado de todos los tiempos, genio protervo de todos los países. En vano tratas de desarmarme con tu ironía sangrienta, de infundirme espanto con la relación de lo que eres y de lo que puedes. Si eres un hombre, te mataré; yo estoy seguro de ello. Si eres un espíritu, te aniquilaré también, porque Dios vendrá en mi ayuda; hará de mí su instrumento para extirpar tamaña monstruosidad y aberración».

—«Bien —replicó Paris, arrojando la colilla del cigarro—, nos batiremos esta noche».

—«¿Cómo esta noche? Hoy mismo, ahora mismo».

«El odio me había hecho elocuente. En cuanto a mi determinación de batirme con aquel ente sobrenatural se explica por la situación de mi espíritu. La muerte no me daba espanto; antes al contrario, me parecía un consuelo. Si me mataba, concluían todas mis penas; si él era un hombre, yo podía tener la suerte de acabar con él. Si era un espíritu... en fin, ¿a qué razonar en aquel momento? Mi determinación estaba tomada, y por razón ni ninguna hubiera desistido de ella.

—Pero hombre —le dije—, ¿no era temeridad dar ese paso, arriesgarse a morir?

—Yo no sé lo que era. Yo quería concluir —repuso el doctor—, y no veía otra manera de despejar la incógnita.

—¿Y se batieron ustedes?

—Sí: yo no quería padrinos; quería que aquel duelo fuese solitario como mi pena. Nada me importaba morir. Resuelto a no prolongar mi agonía, nos dirigimos aquella misma tarde a un sitio cercano a la capital.

—Pero hombre, ¡sin testigos!

—Llevamos dos pistolas; ambos fuimos en mi coche, y su buen humor era tal durante el camino, que me aseguró más en la inminencia segura de mi muerte. Para mí aquello era en realidad un suicidio que yo realizaba en forma inusitada y nueva.

—¿Y cuál fue el resultado? Tengo curiosidad por saber cómo se portó usted delante de un adversario tan temible.

—¡Oh! amigo —dijo el doctor—, el resultado es lo más singular de la aventura; y en ningún modo puede usted sospecharlo. Yo le aseguro que es enteramente distinto de lo que usted se ha figurado.

IV

Confieso que la narración del doctor Anselmo me iba interesando un poco, por pura curiosidad se entiende, pues no podía ver en ella realidad ni verosimilitud.

Había, sin embargo, una pequeña dosis de sentido en el fondo de todos aquellos desatinos, porque la figura de Paris, ente de imaginación, a quien había dado aparente existencia la gran fantasía de mi amigo, podía pasar muy bien como la personificación de uno de los vicios capitales de la sociedad. Si el doctor inventó aquello, fuerza es confesar que no carecía de algún intríngulis su invención: si, por el contrario, creía real lo que contaba, indudablemente era uno de los mayores iluminados que han visto los tiempos. Deseoso de saber en qué había parado aquel duelo extraordinario, le incité a seguir; él no se hizo de rogar.

«Paris y yo nos dirigimos en mi coche al sitio que habíamos elegido. Por el camino hablamos poco, aunque él procuraba entablar conversación incitándome con dichos ingeniosos y agudezas que no quiero recordar. Yo no pensaba más que en la muerte, que creía cercana, inspirándome más regocijo que pena. Mi serenidad no era la serenidad del valor, sino la de la resignación: en aquel momento el mundo, mis riquezas, mi esposa, me daban hastío y repugnancia. Veía cerca el término de tantos dolores, y aquel hombre, aquel monstruo diabólico en forma de ser humano, más que enemigo me parecía una salvación.

»Cuando llegamos al sitio del duelo, la tarde caía, y el Occidente se iluminaba con colores y reflejos. Era fresco y húmedo el aire, y tan apacible que apenas se movían las hojas de los árboles, amarillas y débiles ya por los fríos del otoño. Sin necesidad de ser agitadas, se caían por su propio peso, muertas y lívidas antes de abandonar el árbol. Me acuerdo de esa tarde como si hubiera sido ayer. Paró el coche, bajamos, y anduvimos un buen trecho solos.

—¡Ay, amigo don Anselmo! —dije yo—, reconozcamos que los procedimientos de ese duelo son de una inverosimilitud incomprensible. ¡Ir a matarse sin testigos, llevar usted al contrario en su mismo coche...! eso no pasará en ninguna parte, y estoy seguro de que es el primer ejemplo que se ve en las sociedades modernas.

—¡Inverosimilitud! —exclamó don Anselmo—; ¿quién habla de eso tratándose de un caso que está fuera de los límites de lo humano? No busque usted aquí la regularidad: si esto fuera como lo que pasa ordinariamente, no lo contaría.

Esta razón no dejaba de tener fuerza, y callé.

«Cuando elegimos el sitio, Paris me dijo:

—«¿A ver las pistolas?».

—«Son buenas —repliqué yo entregándoselas».

—«Lo mismo me da —contestó sin examinarlas—: para mí todas las armas son buenas. Cárgalas delante de mí, y después echaremos suertes a ver cuál tira primero».

—«Ya están cargadas».

—«A ver de qué modo echamos suertes —dijo Paris paseándose por el campo con el mismo desenfado y franqueza con que se había paseado en mi habitación».

—«Con un pañuelo —dije yo—. Hagamos un nudo en una de las puntas, y el que...».

—«Me parece que eres un poco fullero —indicó Paris, riendo con todo el aplomo del que sabe que va a matar a su contrario».

—«Arrojaremos una moneda al suelo —añadí yo con impaciencia, porque aquellos preparativos para llegar a un fin para mí incuestionable me molestaban».

—«Bien: pues si sale cara tiro yo».

—«Si sale cruz, me toca a mí».

—«Vamos: echa la moneda de una vez».

«Arrojé la moneda, cayó al suelo, y ambos nos inclinamos para poder distinguir la señal. Salió cruz: a mí me tocaba tirar primero. Nos colocamos a diez pasos. Yo apunté, o por lo menos levanté el brazo, procurando dirigir el cañón de la pistola hacia el pecho de mi enemigo. Él se reía al ver como el cañón del arma describía curvas en el aire, y allí me soltó unas cuantas agudezas que me desconcertaron más, obligándome a bajar la mano, pues habiéndose enfriado los dedos con el aire de la tarde, ni aun tenía fuerzas para disipar el tiro. Pero pronto apunté de nuevo para no irme al otro mundo sin desempeñar mal o bien el papel que mi honor me había impuesto en aquel lance. Apunté sin procurar dirigir la bala, y cerré los ojos; el tiro salió, y Paris cayó en el suelo sin dar un grito, porque la bala le había atravesado de parte a parte el pecho.

—¡Demonio! —exclamé al ver el inesperado fin del lance—. ¿Con que muerto?

—La contemplación de un milagro —continuó el doctor—, no me hubiera causado tanto asombro como aquella victoria adquirida sobre tan terrible adversario. Matar a semejante hombre, vencer a aquel genio maligno, era más de lo que podía esperar quien nunca manejó un arma, ni aprendido a luchar con antagonistas del otro mundo. Había vencido al mayor enemigo de la paz conyugal. Si era hombre, había librado al mundo de un malvado; si era la personificación de un vicio, una plaga humana, una calamidad social encarnada en arrogante cuerpo, había yo quitado a la sociedad la mitad de sus escándalos. Yo creí que alguna divinidad celeste había venido en mi ayuda. «¡Oh! mi honor —pensé—, mi honor, este sentimiento puro, acrisolado, ha sido para mí la divinidad protectora que ha dirigido mi brazo; ha infundido un soplo de vida en esta bala, para que volara consciente o irritada hacia aquel pecho y partiera aquel corazón, centro de perfidia y engaños. ¡Dios mío! si el duelo es un crimen; si lo que acabo de hacer es un asesinato, perdona esta falta, precursora de bienes sin cuento. Tú que has permitido la presencia de este monstruo; tú que eres dueño y regulador sabio de los beneficios y los castigos; tú que das la lluvia benéfica, el rocío, el Sol, el maná, y permites la peste, el hambre y el incendio, perdonarás, perdonarás la inmolación de este que creaste para nuestro castigo, imponiéndonos el trabajo de vencerlo.

»Examiné atentamente el cuerpo de Paris, y vi que de su herida brotaba un torrente de sangre; pero estaba vivo aún: respiraba, movía lentamente los ojos, y me miraba con una expresión que no podía yo definir bien.

»Su mirada no era de tristeza ni de dolor. El singular estado de mi cabeza no hacía ver en sus labios una sonrisa burlona. Pero a pesar de esto su rostro estaba lívido y su cuerpo desmayado y flojo. ¿Creeréis que al verlo así me dio lástima, y hubo un momento en que se aplacó mi odio? Somos hombres al fin. Además, al tocarle, al cerciorarme por mis propios sentidos de que era cuerpo humano, desapareció de mi pensamiento la creencia de que fuese una sombra, un ente de razón; en aquel momento no pensé sino que era un joven que, habiendo adivinado mis sentimientos, quiso darme una broma o burlarse de mí, haciéndose pasar ante mis ojos como un ser sobrenatural. En resumen, al ver aquel hombre herido por mí, que se desangraba en un campo solitario, sin auxilio de nadie, sin alivio corporal ni espiritual que suavizara un poco su muerte ya segura, me dio tanta lástima que resolví meterle en el coche y llevarle a mi casa para darle el auxilio que necesitaba.

—¿Pero no comprendió usted —le dije—, que se exponía a que le descubrieran?

—Habríale abandonado, si hubiese estado muerto; pero vivía, respiraba. ¿Cómo dejarle allí? Eso no cabía en mis sentimientos: además, mi odio se había disipado ante la victoria. No cejé en mi resolución, le metí en el coche con ayuda de mis criados y... a casa.

—¿Pero no podía usted depositarle en otra parte?...

—No; en mi casa no le descubrirían, porque yo había de tomar todas las precauciones imaginables. Abandonado o entregado a alguien, sí sería descubierto inmediatamente. Así pensaba yo, camino de mi casa. Llegamos ya muy entrada la noche. Nadie nos vio entrar, le subimos con mucho cuidado, y le pusimos en un lecho. Cuando quedé solo con él, le examiné con mucha atención: aún vivía. Mucha sorpresa me causó el que, lejos de estar más extenuado, más débil, más cercano a la muerte, por ser la herida profundísima, parecía más animado, y clavaba la vista serena y observadora en los objetos que adornaban la habitación. Cuando me sintió cerca, fijó en mí los ojos con una tenacidad que me hizo temblar. Parecía sondearme hasta el fondo del alma. Aquellos no eran los ojos de un moribundo. Después que me miró largo rato sin pestañear, su mano, fría como el mármol, tocó mi mano, comunicándome una corriente glacial, que circuló por todo mi cuerpo, haciéndome estremecer con una impresión para mí desconocida; sus labios se movieron como para articular un quejido, y una voz, que parecía salir, no de su boca, sino de una profundidad invisible, una voz de inmensa resonancia y gravedad dijo estas palabras, que no puedo recordar sin espanto: «Majadero, yo soy inmortal».

V

«Aún me parece que le estoy mirando y que le estoy oyendo —continuó el doctor un poco abstraído.

Después se puso a mirar atentamente el techo, como si allí arriba hubiera alguna cosa escrita. Abandonado a la meditación, los ojos se le iban al cielo, tomando todo él aquella actitud de santo que lo era peculiar. Después prosiguió la historia como sigue:

«No sé qué pensé entonces. Me ocurrió encerrarle allí, y esperar días, semanas y meses a ver si herido, solo, sin comer ni beber podía existir aquel ser maldito. Entre tanto, salía la sangre de su herida, sin que por eso se postrara más su cuerpo: por el contrario, animábase más cada vez, aumentando mi desesperación. Diga usted si el caso no era para volverse loco. ¡Estar constantemente perseguido por aquel demonio, que tampoco había podido matarme, y que concluía por instalarse en mi casa, junto a mí, siempre a mi vista, como mi conciencia, como mi pensamiento, como mi miedo! Mi rabia no tuvo límites cuando le vi incorporarse en el lecho, y exclamar:

—«Ya ves de qué modo has conseguido que no salga de tu casa. ¿Te atreverás a arrojar de ella a un hombre que has herido, a un hombre que se desangra y se muere? Si me echas de aquí no es posible que te libres de la nota de asesino. Se descubrirá que has intentado matar a un hombre, vendrá la justicia, habrá escándalo... Dirán que el bueno de don Anselmo encontró a un galán en el cuarto de su esposa y le pegó un tiro. Ya ves ¡qué escándalo! Si quieres que me marche, me marcharé; pero bien te dije que al salir de esta casa me llevaría tu honor. Necio, en vano quieres prevalecer contra mí, contra lo inmortal, contra lo omnipotente, contra lo divino. Yo soy superior a los hombres; yo soy parte de ese mal que desde el principio pesa sobre vuestra existencia, y del cual no os podéis librar, porque una ley suprema le pone sobre vosotros y en vosotros como una faz de la vida. Aquí estoy, en tu casa; eso es lo que yo quería. Ella sabe que estoy aquí; muchos de fuera lo saben también. Pero esto es ahora un secreto guardado por muchos. Si quieres que haya escándalo, si quieres que mil voces hablen de mí, si quieres que esto se publique por calles y plazas, échame de aquí; yo me voy gustoso, pero ya sabes todo lo que me llevo».

—«Pero ¿qué fuerzas se han de emplear contra ti? —exclamé en el colmo de la turbación—. Sean morales o materiales, algunas fuerzas habrá que te venzan, demonio incomprensible, más fatal que cuantos se emplean en tentar a los hombres, llevándoles por los caminos de todos los vicios».

—«Contra mí no hay nada que prevalezca —contestó recobrando poco a poco su habitual buen humor y ligereza—. Ningún arma me puede herir;

no tomes en serio lo que ha pasado: no creas que me has vencido, pobre loco: lo que has visto no ha sido más que un incidente preparado con objeto de atraparte mejor. Esta cama ya es mía; ya he penetrado en ella y no me puedes arrojar: todo el mundo sabe que Paris ha entrado en tu casa, y tú, aunque emplees todas tus facultades, todo tu dinero, cuanto existe y cuanto vale en la tierra, no podrás convencer a nadie de lo contrario...».

—«¡Oh! yo no sé lo que haré —grité desesperado—; yo voy a pegar fuego a esta case, para que perezcamos todos».

—«¡Fuego! —dijo él, riendo diabólicamente e incorporándose en el lecho—: ¡fuego! si ese es mi elemento, si vivo en él: fuego es mi sangre, mi aliento, mi mirada, mi palabra; quemo, devoro, aniquilo. No opongas a mi poder esos elementos venales que a un signo mío obedecen sumisos. Yo digo al aire: «agita sus cabellos, lleva a su oído ecos que la sumerjan en esas meditaciones vagas, de cuya confusión sale luminoso, inexorable el primer mal pensamiento», y el aire me obedece. Yo digo al agua: «ve y acaricia con irritante frialdad o calor suave su cuerpo que en las ondas del baño se abandona indolente; difunde en ese cuerpo la languidez, y altera la serenidad de su cabeza, produciendo el mareo voluptuoso que engaña la conciencia y hace accesible la fortaleza del recato», y el agua me obedece. Yo digo al fuego «corre por sus venas, enardece su corazón, y haz brotar en su pensamiento esa chispa incendiaria que es la abdicación postrera de la voluntad», y el fuego me obedece. Yo digo a la luz: «refleja en el esposo las hermosas líneas de su rostro, y lleva de su espejo a sus ojos la imagen del cuello, del labio, de la cabellera, del talle, para que aumente su amor propio, baluarte formidable que me defiende», y la luz me obedece. Aún más: yo soy ese aire murmurador, esa agua voluptuosa, ese fuego que inflama, esa luz que adula. Ciego: me estás viendo, crees que estoy aquí. No: yo estoy allá, junto a ella: yo no la abandono nunca, porque soy su idea, su mal pensamiento, su mal deseo: yo no me separo de ella jamás. En vano tratas de perseguir ese mal pensamiento, ese anhelo, cuando por un singular fenómeno se te presenta en forma humana. Torpe, ¿no comprendes que yo no puedo ser enterrado bajo un montón de piedras? ¿No vea que es imposible matarme de un tiro como se mata a un pájaro, a un ladrón?».

—«Calla por piedad, monstruo —exclamé angustiado—. ¿Qué delito he cometido para tan gran tormento? Porque esto es castigo, sí, de algún crimen ignorado. Yo que soy la probidad, el pundonor, la lealtad, la sobriedad, ¿por qué he merecido esta tortura, que produce un trastorno en todas mis facultades y acabará por volverme loco?».

—«Tú tienes la culpa —dijo Paris con serenidad, sin dar ya señales de postración, y como si un médico sobrenatural hubiera sanado por encanto su herida—; tú tienes la culpa, tú que me has llamado, que me has traído, que me evocaste con la fuerza de tu entendimiento y de tu fantasía».

—«Pues yo, con esa misma fuerza, te conjuro para que me dejes en paz. Yo no puedo vivir así, diablo, espíritu, pensamiento, o lo que seas. Vete: yo te arrojo de mi cabeza: yo te expulso de mí ya que no has querido darme la muerte, vete, porque esto es mil veces peor que morir».

—«¡Irme! no puede ser —contestó mi enemigo, encendiendo un cigarrillo de papel—. Ni yo, aunque quisiera, tengo poder para abandonarte. Mientras tú tengas ideas y sensaciones, yo estaré aquí. Renuncia a todo eso y me iré: resígnate a ser, en vez de hombre inteligente y sensible, una máquina automática, sin ninguna vida espiritual; resígnate a ser un bulto vivo, y entonces me marcho».

—«Me resignaré. Yo quiero morir o no pensar, yo quiero ser una bestia, y no sentir en mi cabeza esto que llevo desde el nacer para tormento mío».

—«No lo tomes así, tan a pechos —repuso—; estas cosas deben considerarse con calma: sé filósofo; ten esa grandiosa serenidad que ha hecha célebres a muchos maridos, y no quieras sobreponer un falso pundonor a ciertas leyes sociales que nadie puede contrariar».

—«No me trastornes más; yo quiero morir; quiero ser sacrificado a este pensamiento que me ha devorado, consumiéndome todo».

«Decía yo esto con la mayor sinceridad; deseaba morir o vivir sin conciencia ni entendimiento; si esto era vivir sin conciencia ni entendimiento; si esto era vivir, había en mí como un delirio, una exaltación tal, que nunca después he vuelto a experimentar cosa parecida. Fijaba mi vista en aquel hombre, le tocaba, le veía, tenía todos los fundamentos necesarios para creer en su existencia, y aún me parecía todo un sueño.

»¿A usted no le ha pasado que al sufrir los tormentos de una pesadilla, se muestra íntimamente incrédulo ante tantos dolores, y dice «esto es sueño», como si una chispa de razón velara cuando todas las facultades se nublan, menos la fantasía, que lo domina todo a sus anchas? Pues lo mismo yo, en aquel delirio angustioso, decía para mí a veces: «esto es un sueño». Pero la realidad me desmentía: hallábame en mi casa; me reconocía, despierto, como ahora me reconozco vivo. Iba y venía, presa de una horrible ansiedad, y todo lo que me rodeaba era real, las personas las mismas, idénticos los objetos. Salía de mi cuarto a ver si la impresión de cosas externas me daba alguna luz; pero nada lograba. Por fin determiné ausentarme de allí: cerré el cuarto, dejando dentro al herido, y fui a la habitación de Elena. Cuando entré, mi mujer se sobrecogió de espanto, tembló, y después me dijo algunas palabras mal articuladas, porque el terror le embargaba la voz. No sé qué íntimo convencimiento me obligó a mirar todo, a registrar todos agitado, convulso, demente. La infeliz gemía: creo que la maltraté. Después, andando de un lado para otro, registraba con afán, y era tal mi trastorno, que hasta debajo de las sillas, dentro de los vasos de su tocador y entre las hojas de los libros quería encontrar lo que buscaba. Allí no había nada; yo nada vi; pero tenía la convicción profunda de que allí estaba: en el aire, en la sombra, en el perfume, en el eco de nuestras voces, en todo me parecía sentir la presencia de aquel maldecido. «¿Dónde está? —grité—... ¡aquí hay alguno!». —«¿Quién?» —dijo desesperada. —«¡Ese —contesté yo—, ese monstruo, ese espíritu, ese hombre! Yo sé que está aquí, yo le siento, yo le oigo. Sí, Elena, está aquí: tú le tienes. Le veo en tus ojos, le oigo en tu voz, está aquí».

»Y en efecto, la sombra de todos los objetos me parecía su sombra, el eco de nuestras voces parecíame su voz, y en los vagos accidentes de la luz, del sonido, del tacto, me parecía encontrar algo de la persona, del aliento de aquel genio execrable. Elena lloraba con tanto desconsuelo, que me fue imposible recriminarla. Únicamente le decía: «Sí, aquí está, aquí está». Por fin, salí de allí, porque me trastornaba más cada vez, y volví a mi cuarto, donde le había dejado cerrado con llave. Al entrar di un grito: el herido no estaba allí. Mi espanto fue tal, que no pude dar un pago, y me dejé caer en un sillón. Las fuerzas me faltaban ya por efecto de las continuas y dolorosas impresiones de aquel día; me desvanecí, me desmayé, y a no haberse entregado espontáneamente mi naturaleza al reposo, no sé qué hubiera sido de mí. Quedé inactivo, y como muerto durante largas horas. En el momento de recobrar el tino, amanecía. Sentí ruido en la puerta, miré, y era Paris, que entraba de bata, pantuflas, y con el cabello en desorden, como quien se levanta de la cama. Pasó delante de mí mirándome con la diabólica sonrisa que era en él constante. Yo le miré también largo rato, y el estupor, cierto marasmo moral que yo sentía, impidiéronme dirigirle la palabra en mucho tiempo.

Cuando esto decía el doctor, hallábase también poseído de aquel marasmo moral que refería. Tenía turbios los ojos, lenta la voz, difícil el aliento; estaba fatigado, y sin duda el recuerdo de los sucesos referidos le producía muy fuerte emoción. Por eso, y considerando lo que padecía el infeliz al traer a la memoria su insana idea, no me atreví a hacerle las mil observaciones que sobre el caso se me ocurrían; reflexiones que hubieran entibiado mucho el entusiasmo y fe con que refería tales locuras.

Capítulo III. Alejandro

I

Aquella noche no pudo continuar el doctor su curiosa narración que, a fuerza de extravagante, me había inspirado algún interés. Yo deseaba saber cuál sería la hazaña final del travieso héroe de la antigüedad, que se propuso quitar el juicio a mi pobre amigo, si es que alguno tenía. Bien se echaba de ver que aquello había de concluir pronto de cualquier modo, pues no era posible que semejante invención o lo que fuese se prolongara por más tiempo lo que la ley del arte exige, y además, según lo último que refirió mi amigo, se comprendía que el desenlace no podía estar lejos. Pero aquella noche, como he dicho, no le fue posible satisfacer mi deseo: hubiéralo hecho él, a pesar de su cansancio y de lo impresionado que estaba con el recuerdo de sus desventuras; mas no le insté a que siguiera, quedando de acuerdo para celebrar nueva sesión la noche siguiente, como lo hicimos. Reanudando el interrumpido hilo de su discurso, el sabio continuó así:

—¿En qué quedamos? porque de anoche acá me he trascordado; y siempre que recuerdo aquello hay un desquiciamiento en mis facultades, de ordinario no muy sanas.

—Quedamos en un incidente interesantísimo. Usted se había desvanecido, se había dormido, abandonándose a un profundísimo sueño, que yo tengo para mí fue obra de algún sortilegio de aquel ente infernal, y al despertar, ya casi de día, vio aparecer a Paris de bata y pantuflas, como si se levantara de la cama.

—Así es en efecto —dijo—, y yo, según indiqué a usted, en mi estupor, no pude decirle palabra en mucho tiempo; le miraba sintiendo en mí algo de ese mareo que precede a un letargo profundo: le miraba pasearse por el cuarto con las manos en los bolsillos de la bata, sacar un cigarro, encender un fósforo, raspándolo en la caja, y después fumar tan tranquilo.

—¿Y no hablaron ustedes?

—Sí hablamos. Lo particular es que aquella bata era la mía, y le caía tan bien que ni pintada, como si se la hubieran hecho a su medida.

—Está visto que ese farsante quería apropiarse todo lo que era de usted —observé; y me arrepentí al poco rato de haber hecho tal observación.

—Sí —dijo tristemente—. Por fin, viendo que nada podía hacer contra aquel miserable; viendo que no le podía vencer, que no le podía matar, que no le podía arrojar de mi casa, resolví entregarme al dolor, rendirme, incapaz ya de resistir más tiempo. No injurié a Paris, no le maldije, no intenté maltratarle, porque nada valía contra él. Di tregua a la ira, trocándola por una resignación serena, que fue en mí entonces un gran alivio».

»Yo me voy —le dije—, puesto que nada puedo contra ti. Demonio invulnerable, yo te abandono todo, mi casa, mis riquezas, mi posición, mi esposa: todo queda en tus manos, incluso mi honor, que no he podido librar de ti. Hablo de mi honor en la opinión de las gentes, que mi honor en mi conciencia, eso va siempre conmigo, y no me lo puedes quitar con tus malas artes. Prefiero andar errante lejos de aquí, en país desconocido, despreciado de todos, a soportar este suplicio en que vivo, privado de los más inocentes goces del hogar. Quiero huir; quédate aquí en posesión de todo: me confieso vencido.

—«¡Necio! —contestó mirándome—. ¿A dónde has de ir que yo no pueda seguirte? Recuerda lo que te dijo anoche. Si al marcharte te dejas aquí el entendimiento y la fantasía, lo que hay en ti de divino, lo que te distingue de la bestia, puedes marcharte tranquilo; no te molestará; pero si no, no cantes victoria, que yo iré contigo en esta o en otra forma; pues cuando me encariño con una persona, no la abandono fácilmente».

—«Pero si ahí te dejo todo —repliqué—, ¿qué más quieres? Ya no temo la deshonra, no temo el escándalo, no temo nada. Puedes gozarte en tu obra; no me importa que hablen de mí, que me señalen, que me injurien con los más denigrantes apodos. ¿Qué más quieres de mí?».

—«Sosiégate, ¡oh Anselmo! —exclamó Paris—. ¿A dónde vas solo, errante por esos mundos, perseguido siempre por mí, aunque en distinta forma? Ten calma; reflexiona, medita la gravedad de tu determinación. ¿No ves que eso es cobardía indigna de un hombre de corazón? Acepta el martirio, y resístelo hasta el fin, como cumple a quien blasona de temple de espíritu, y de esa entereza que enaltece a los hombres más que el valor frenético y temerario. Aquí es donde debes estar siempre en presencia de tu dolor, siempre en tu puesto, soportando una tras otra las angustias de esta crisis que no es nueva en el mundo y que ya ha trastornado a muchos. Aquí, amigo, aquí. No dirás que no soy concienzudo, que no razono con la madurez que distingue a las personas graves de los mozalbetes casquivanos y presumidos».

—«¡Oh, esto ya es demasiado! —dije—; ¿no he de salir de aquí, no he de abandonar esta casa? ¿También me has de perseguir lejos de estos sitios? Eso no puede ser; y si así fuera, yo me embruteceré, no pensaré, como has dicho, seré un animal de los más torpes y groseros. Si esto es ser hombre, maldigo mi condición, y me río de esa pomposa palabrería con que la enaltecen algunos, diciendo que somos los reyes de lo creado. ¡Qué imbecilidad!».

—«Sí; ¡eso es ser hombre! —afirmó él—, y eso es ser rey de la creación. Yo he vivido desde el principio del mundo, y he presenciado multitud de sucesos terribles, individuales y sociales. Sé lo que son esos dolores, cuya importancia es tal en la esfera de la vida, que algunos han traspasado los límites de lo personal para conmover al mundo, como sucedió en la guerra de Troya, cuyos pormenores recuerdo como si hubieran pasado ayer. Por lo que ha visto desde entonces, comprendo que se engaña el que crea poder eximirse de ese gaje de angustias con que pagáis el orgullo de ser la flor y nata de lo creado; comprendo la inmensa verdad que encierra el dicho de Goethe: 'el que no está preparado a la desesperación, no está preparado a la vida'. Ánimo: no eres tú el primero de los que se aniquilan, quemándose en la

61

llama de la vida, como se quema la mariposa en la luz: tú no eres el primero, eres un ejemplar de esa rica colección de mártires que han hecho del vivir una bella y sorprendente epopeya».

—¿Sabe usted que no dejaba de explicarse con juicio? —dije, observando que Paris disertaba sobre la vida con una seriedad que, aunque no exenta de extravagancia, le hacía sin embargo mucho honor.

—Aquel endiablado se había puesto a filosofar, dejando su cínica desenvoltura para hacer reflexiones en un tono que me parecía más burlesco que sus chanzas del día anterior.

—¿Y después, qué hizo? —pregunté, esperando que el aparecido se quitaba al fin la bata y las pantuflas de mi amigo para vestirse y arreglarse.

—Verá usted —agregó el doctor—. Yo no permitía que nadie entrara allí; pero entró, cuando yo estaba descuidado, un criado a anunciarme a mi suegro el conde del Torbellino, y no manifestó haber visto la sombra. El criado, al parecer, creyó que yo estaba solo. Iba yo a salir con objeto de recibir a mi suegro, cuando este, que no se andaba en ceremonias, entró. Yo temblé pensando que pudiera ver a Paris; pero no. Paris estaba junto a mí, y el conde no le vio. Para él, lo mismo que para el criado, hallábame solo en la habitación. ¡Cosa más particular! Varias veces el aparecido pasó entre él y yo, sin ser visto más que de mí. Yo solo sentía sus pasos, yo solo recibía el rayo de su mirada, de una viveza imposible de pintar. Mas a poco de estar allí el conde de Torbellino, Paris desapareció: yo miraba a diestra y siniestra por ver si se ocultaba en algún rincón; pero nada, había desaparecido. No vi más que mi bata y mis pantuflas arrojadas sobre una silla.

»Mi diálogo con mi ilustre suegro fue importantísimo, y es de grande utilidad el referirlo para mejor inteligencia de esta sin igual historia. Pero antes voy a dar a usted algunas noticias de tan respetable personaje.

II

«El conde del Torbellino —continuó don Anselmo—, era un hombre tempestuoso, y no porque tuviera carácter irascible, violento y amigo de pendencias, sino porque su espíritu, esencialmente tranquilo, se manifestaba al exterior de la manera más resonante y ampulosa. Cuando decía alguna tontería, cosa frecuente en él, su voz, bronca por naturaleza, se ahuecaba hasta lo más bajo del diapasón: cuando quería convencer a alguien de que era hombre importante y de que los negocios le traían loco, en palabra llegaba al último grado de la vana grandilocuencia; si no decía nada su respiración semejaba a un vendaval lejano. Locuaz y retumbante, parecía el símbolo de la tormenta, la explosión hecha hombre. Sus oyentes eran muchos: complacíanse sus tertulios en escuchar el estrépito de su voz descomunal; pero en tocando a reír, la turba de interlocutores se dispersaba más que deprisa, porque la carcajada del buen señor trastornaba y aturdía.

»La caja sonora que tan atroces ruidos producía, era proporcionada al sonido mismo. Corpulento, pesado, cavernoso, monumental, el señor conde era una pieza estimable que podía honrar a cualquier cantera. A semejante mastodonte no faltaban dignidad ni donaire, antes al contrario, su crasitud cuadrilonga le daba cierto aspecto cesáreo y dictatorial.

»Su rostro era más bien hermoso que feo, adornado lateralmente de espesas patillas blanquinegras: la nariz tenía algo de la voluta corintia: la boca grande, de labios carnosos y retorcidos, se asemejaba a las bocas de esas máscaras griegas que vomitan festones y emblemas. Dos grandes contracciones sostenían en los extremos de esta boca una hilaridad presuntuosa, tan constante en él y tan grabada n su rostro, que podía decirse que en él la sonrisa era una facción. Sus lentes eran algo más, eran un órgano: la frente, en que algunos pelos aplastados por el sombrero y pegados por el sudor, dibujaban una especie de leyenda jeroglífica, era pequeña, deprimida y roja; pero de un rojo intenso y como transparente, cual si los sesos de aquel buen señor fuesen de bermellón o cinabrio. Su cuerpo era un prodigio de solidez arquitectónica; cada extremidad un portento de equilibrio, y sus hombros, su abdomen y su espalda otras tantas obras maestras de estereotomía muscular; sus pies dos ladrillos. A pesar de tanta solidez, este monolito se movía con bastante soltura; y cuando hablaba, los brazos daban vueltas como dos aspas de molino, amenazando descabezar al que tenía la desdicha de escucharle.

»En cuanto a entendimiento, el conde pasaba por ignorante entre muchos y por sapientísimo entre algunos; mas no era ni una cosa ni otra. Sin ser ilustrado, sabía lo bastante para hablar de todo, no disparatando siempre. En algunas cuestiones, sin embargo, era fuerte, sobre todo en Política y en

Hacienda. Ocupábase mucho de la alza y baja de los fondos públicos, y negociaba con el crédito del Estado, tomando parte con los primeros capitalistas en las más arriesgadas operaciones mercantiles, lo cual fortalecía sus conocimientos en Hacienda. La suya le inspiraba serios temores, sobre todo en la época a que me refiero, y el mal humor que le ocasionaban sus desbarajustados asuntos se hubiera trocado en hipocondría si mi casamiento con su hija no echara un buen puntal a su fortuna.

»Distinguíale también su notable prurito de agradar a las gentes. Su amabilidad, aunque tonante y explosiva, le había captado la voluntad de muchas personas. De esta amabilidad nadie tenía mejores pruebas que yo: siempre fui objeto de su predilección, y nunca más que en la ocasión de que hablo pude conocerlo. El conde me probó el gran interés que yo le inspiraba, en aquel diálogo que voy a referir a usted con la puntualidad que mi memoria me permite.

«Mi querido yerno —dijo él—, yo siento tener que hablarte de este asunto, pero es necesario. Elena no puede vivir así. No te enfades: nadie mejor que yo conoce tus buenas prendas; nadie ha tratado de disculparte más que yo; pero han llegado las cosas a un extremo... tu carácter...».

—«Yo no entiendo ni una palabra de lo que usted me quiere decir —le contesté, presumiendo que algo grave encerraban aquellas indicaciones».

—«Todos en la casa dicen que estás loco —añadió el conde—. Esta opinión, el único que la ha combatido he sido yo, que desde antes de que entraras en mi familia conocía tu carácter. Yo sé que no es locura: estos arrebatos que hoy te dan son antiguos en ti, si bien los agrava actualmente una monomanía, uno de esos estados pasajeros del alma que nos ponen a veces en tal disposición, que no parecemos tener pizca de sentido».

—«Pues usted me explicará eso mejor, si quiere que le entienda» —dije yo, que ya tenía demasiadas confusiones en la cabeza para comprender de una vez la nueva serie de enredos que mi suegro me traía.

—«Elena se queja con razón —contestó—; la infeliz ha enflaquecido de tal modo estos días, que parece un cadáver. Todos procuramos consolarla. ¡Cuidado que eres extravagante! La atormentas del modo más cruel; la asustas con tus atrocidades sin cuento. Pero ¿en quién has visto cosa semejante? Según ella refiere, algunas noches entras despavorido en su cuarto, diciendo que has oído allí la voz de un hombre; otras veces la maltratas, la injurias, asegurando que has visto a alguien saltar por su ventana al jardín. Cuando más descuidada y tranquila se halla, entras furioso, profiriendo gritos y amenazas y preguntando dónde está él; tu aspecto infunde miedo; tus palabras son las de un loco; tu ademán es descompuesto. Di si hay mujer que tenga la fortaleza y el temple suficientes para ver en calma estas cosas, y considera también si no hay en tu conducta bastantes motivos para atraerte, no digo yo la antipatía, sino el horror de tu esposa».

—«Sí —repliqué yo—, lo confieso; pero usted no sabe que para obrar así tengo mis razones.

—«¡Razones! No seas tonto. ¿Qué razones puedes tú tener para obrar de esa manera? Si tuvieres la calma, la filosofía que se necesita para poder vivir en estos tiempos que alcanzamos, no te sucedería eso. Es que tú te apuras de nada: eres muy puntilloso; tomas muy a pechos todas las cosas, y, en resumen... no sabes vivir».

—«Suplico a usted, mi querido suegro, que me explique eso, pues quizás me dé alguna luz en la situación en que me hallo».

—«Quiero decir que te cuidas demasiado de la opinión de las gentes, cosa que se debe despreciar las más de las veces, sobre todo cuando, como en la ocasión presente, no se funda en nada positivo, sino en esas presunciones vulgares, hijas de una gran decadencia moral».

—«Pero ¿qué dice la opinión de las gentes? —pregunté yo—. ¿Alguien se ha atrevido a hablar de mi casa, de mi familia...?».

—«Te diré —contestó él enfáticamente—: no debes apurarte por esto, que además de no tener importancia, es cosa que se ve con demasiada frecuencia para inspirarnos recelo. No hay que hacer caso de la opinión de esa gente holgazana que vive de la cháchara y el escándalo, atisbando siempre en lo más íntimo de las familias... No te apures por eso. Solo con el desprecio se corresponde a la vileza de esas infames gentes que nada perdonen, ni aun lo más santo y respetable».

—«Pero ¿qué dicen de mí?».

—«Mira, nosotros no debemos hablar de esas cosas —contestó—, pues hasta nombrarlas me parece indecoroso. Dejémoslo, y se acabó... Trata de serenarte...».

—«No; yo quiero saberlo, y pronto» —contesté muy agitado.

—«¡Vaya! —exclamó el conde de Torbellino, poniéndose los lentes, que en el calor de su elocuencia se le habían caído—; ¿quieres que te cuente lo que tú sabes mejor que yo, lo que ha sido causa de las extravagancias que has hecho estos días?».

—«No: yo no sé nada; quiero saber todo eso que usted me ha indicado para confundirme más».

—«Pues con indignación te informaré, querido Anselmo, de que ha habido personas tan insolentes que han puesto en duda... ha habido quien ha osado difamar a la misma virtud... a mi hija Elena. Te aseguro que si conociera yo al infame que...».

—«¿Pero quién, en dónde, qué persona ha dicho eso?» —vociferé yo, aterrado ante la horrible confirmación de lo que en mi cabeza pasaba.

—«¿Quién lo va a averiguar? Y lo único en que se fundan es en que frecuenta tu casa ese joven, ese joven... ese que viene aquí desde hace algunos días... eso Alejandro *no sé cuántos*».

—«No sé de quién habla usted» —dije estupefacto.

—«Sí: ese... Precisamente ayer le vi entrar aquí; varias veces le he visto entrar» —añadió dándome a continuación las señas de aquel ente infernal, hombre, demonio o aparición que tanto me había atormentado con el nombre de Paris—. La cosa es que como el chico tiene fama de ser uno de los más grandes perturbadores del hogar doméstico que han existido, desde que se le ha visto entrar aquí...».

—«¿Y quién ha traído aquí a ese sujeto?».

—«Yo no sé: tú lo sabrás. Lo cierto es que entra mucho en tu casa, y de seguro Elena le tratará como un amigo, sin sospechar la infeliz que, aunque inocente, está labrando su desdoro admitiéndole aquí. Pero al mismo tiempo, no admitirle sería justificar la perfidia de los maldicientes y en cierto modo ajustarse a su sistema. Lo mejor es despreciar todo eso, querido Anselmo. Ya ves cómo sé cuál es la causa de tus locuras, y yo no puedo menos de reírme al considerar cuánto has atormentado a la pobre Elena por una causa tan frívola. Serénate, hombre, ten calma, como antes te he dicho. Si porque cuatro desalmados hablan de ti, vas a hacer tales atrocidades, asemejándote a los mayores locos que han existido, ¿qué harías si tuvieras una verdadera causa?».

Así habló el conde de Torbellino; y sus palabras, lejos de darme luz en aquel asunto, me embrollaron más y más la cabeza. Antes había dudado si la figura de Paris era real o meramente una creación de mi entendimiento, producida por fenómenos no comprendidos: esta duda me daba grande tormento. Ahora, según las palabras de mi suegro, Paris era un ser real, conocido de todos. Entonces, ¿cómo fue herido gravemente por mí, restableciéndose después por encanto sin que quedaran en su cuerpo señales de postración? ¿Cómo aparecía y desaparecía sin saber de qué modo? Esto aumentaba mi confusión de tal manera que cuando se fue mi suegro me sumergí en intrincadas y laberínticas meditaciones, a ver si vislumbraba un rayo de luz en tanto lobregueces. ¡Dios mío! Aún no era bastante. Para colmo de desdicha, entró mi suegra, que empleando muy distintas razones que su esposo, dialogó conmigo un buen espacio de tiempo.

Mi suegra era una vieja coqueta, en quien los años no habían amortiguado el deseo de agradar, case de su carácter. Habiendo sido hermosísima, en su rostro no quedaban ya más que lástimas, y únicamente los ojos conservaban en su brillo y expresión algo de aquella belleza que se había despedido para no volver más. Este desastroso afeamiento era en parte remediado con los complicados afeites que se hacía, y las mil cosas que inventaba para disimular los estragos de su persona. En cuanto a costumbres, las suyas no se distinguían sino por un continuo callejear, que no le dio muy buena opinión, aunque nunca se dijo claramente que no fuese honrada. Gustábale divertirse más que a muchas que no pasan de los veinte; y en este punto jamás determinaron en ella los años ningún progreso visible; pues vieja y todo no perdonaba baile, ni comedia, ni paseo, ni reunión, ni ceremonia donde gente joven y bulliciosa. Parecía que se le reverdecían con esto los años, refrescándosele el cuerpo con el continuo zarandeo.

Esta dama ilustre, que profesaba en materias de opinión teorías muy peregrinas, fue la que me habló del modo siguiente:

—«Eres, Anselmo, un salvaje, una fiera, un tigre. Pensar que mi hija pueda vivir mucho tiempo en compañía de una persona como tú, es locura. Verdaderamente sería risible, si no fuera tan triste lo que está pasando. Vamos, que aquellos sustos que le das, presentándote de noche en su habitación como un loco, y al parecer, ofuscado el entendimiento por alguna mala idea...! En verdad no sé cómo vive la infeliz... Está enferma, y temo que sea de cuidado su mal, porque francamente, ¿qué persona impresionable y delicada resiste a las pruebas a que la sujetas? Es preciso que te decidas a adoptar otra conducta: mi hija no puede vivir así. A ver, ¿qué es lo que te obliga a proceder como procedes...? Quiero saberlo. ¡Y pensar que es Elena un modelo de amabilidad, de discreción, de prudencia!

»Verdaderamente, Anselmo, ya veo que no puede haber mayor tormento para una joven que vivir contigo. En tu compañía ninguna puede encontrar esa agradable confianza que es fundamento del amor; no eres amable, ni mucho menos: por el contrario, a pesar de tus buenas prendas, te haces repulsivo por los arrebatos de tu carácter, por esa misantropía que te consume. En ti no hallará mi hija ninguna clase de ternura, ni aun esas pequeñas fórmulas cariñosas que, insignificantes en apariencia, son de una importancia inmensa para nosotras; créelo. Además parece que te has propuesto hacerte aborrecer de ella: pasas los días abstraído, solo, encerrado en eso maldito cuarto, donde a veces se te siento hablar como si estuvieras en conversación con las ánimas del Purgatorio».

—«¿Se me siente? —dije yo oyendo con terror aquella descripción de mi vida.

—«Sí, eso dicen los criados —continuó riendo—, te han oído hablando solo. ¿Es esto tener razón, es esto ser hombre? Después sales y vas dando feroces gritos al cuarto de Elena, que trémula y sobrecogida, te ve registrar la habitación como si persiguieras a alguna sombra. La pobrecilla ha llegado a tenerte tanto miedo, que tiembla solo de oír tu voz. Yo no sé en qué va a parar esto. ¡Qué va a parar esto! ¡Qué singular manera tienes de hacerte querer de tu esposa! Ni la acompañas, ni la mimas, ni procuras distraerla; ella está acostumbrada al trato de las gentes, a los goces de la sociedad... ¡y verse aquí sola, encerrada...! Únicamente yo me intereso por ella; he logrado reunir aquí algunos amigos y amigas, que nos hacen tertulia, entreteniéndonos un poco. Pero yo no sé qué tiene esta casa: es triste como su dueño; todos huyen de ella. En los últimos días casi nadie ha venido, y nos hubiéramos visto muy aburridas, a no habernos acompañado Alejandro X...

68

—«Señora, ¿a ver? ¿Quién es ese caballero...? ¡tengo curiosidad...! —dije vivamente.

—«Vaya, también has perdido la memoria —contestó mi suegra con jovialidad—. ¡Cómo está esa cabeza! ¿Con que tampoco conoces a Alejandro? Precisamente salía de aquí cuando yo entraba... Si viene todos los días...

—«Señora, yo no sé de quién habla usted».

—«Pero este hombre está loco; ya desconoce a sus principales amigos, a Alejandro X, que tanto frecuenta su casa; la persona más amable que he tratado en mi vida, amigo tuyo, como lo es de todo el mundo; porque ese hombre, yo no sé... es de los que conocen a todo bicho viviente... Claro, es tan amable, tan listo, de una travesura jovial, discreta y elegante.

—«¿Y dice usted que yo le conozco?».

—«Pero estás loco. ¿No les has de conocer? Si habéis salido juntos de paseo mil veces, si habéis comido y almorzado juntos, qué sé yo... Alejandro, hombre de Dios —añadió alzando la voz como si hablara con un sordo—. Indudablemente has perdido el juicio».

—«¿Y dice usted que las acompaña? —pregunté en el colmo del estupor.

—«Si no fuera por él, mi hija y yo nos aburriríamos. Él nos acompaña, y es tan amable... Nos divierte mucho contándonos historias íntimas. ¡Ah! ¡No sabes cuánto nos cautiva su conversación, sobre todo a Elena, que gusta do oír narrar aventuras! Ese hombre ha viajado mucho, y aunque joven, conoce el mundo como si hubiera vivido siglos».

—«¿Y dice usted que yo le conozco?» —pregunté con ansiedad.

—«¡Válgame Dios qué hombre! Es lo mismo que si preguntaras si me conoce a mí. Tú no estás bueno. Anselmo, por Dios, esa cabeza...».

III

Estas y otras razones cambiamos mi suegra y yo en aquel diálogo memorable. Ella se fue, porque le avisaron que Elena estaba con un síncope, y al poco rato, cuando aún no había yo tenido tiempo de aclarar un poco las ideas que lo indicado por mi suegra me sugería, entró un amigo mío muy querido, el cual me habló también cosas que no debo pasar en silencio, para mejor inteligencia de este raro suceso.

—«Venía a saber de tu mujer —dijo—; oí decir que estaba mala».

—«Sí —contesté—, no está buena. Desde hace días tiene no sé qué. ¿Por quién lo supiste?».

—«No recuerdo dónde lo oí decir».

—«Yo sé que hablan de mí por ahí» —indiqué, porque había conocido que mi amigo quería contarme algo, y que esperaba que rodase la conversación sobre aquel punto.

—«¿Que hablan de ti? No sé —dijo vacilando—: Bien; no te lo negaré: al contrario, obligado por nuestra amistad te hablo de este asunto, y si te digo que no he venido a otra cosa, no miento de seguro».

—«Vamos a ver».

—«Por supuesto que debes despreciar ciertas cosas, mejor dicho, no despreciarlas del todo; conviene hacerse cargo de ellas, meditarlas y resolver después maduramente lo que se debe hacer. Esto no es nuevo. Todo el que vive aquí en cierta posición, como tú, está expuesto a las hablillas. Hay que resignarse y no enfurecerse, porque si alguna cosa hay que deba tomarse con calma, es esa».

—«¡Con calma! —repuse yo perdiéndola completamente—, ¡con calma he de mirar mi deshonra! Yo buscaré al infame autor de esa calumnia».

—«Luego, ya estás tú enterado».

—«Sí —dije—; no sé, lo he presumido, lo he adivinado».

—«Pues sí, amigo —repuso él—, no te precipites. Las reputaciones más sólidas no se libran de esos ataques».

—«Te juro —dije—, que yo he de matar a quien ha difamado mi casa, ya sea uno, ya sean muchos, esa vileza no ha de quedar sin castigo».

—«Mal hecho; eso no se hace así. Conviene tratar con la Fama en buena amistad para que no nos maltrate; conviene capitular con los murmuradores y hacer ciertas concesiones para que no acaben de deshonrarnos. Para alejar a esa víbora maligna no de ha de luchar con ella; es preciso adularla con los dulces sonidos de un instrumento músico. El vulgo viperino es invencible cuerpo a cuerpo, y débil cuando al defensa ciega se sustituye la maña astuta».

—«Yo no puedo adular a esos infames. Mi honra esta sobre ellos».

—«Todo eso es muy santo y muy bueno; pero se dice una cosa... bien... En estos tiempos es más temible el dicho que el hecho. Ya comprendes la fuerza que tiene un 'dicen'. Si quieres seguir mis consejos, márchate de aquí por algún tiempo. Cuando vuelvas, todo está olvidado. Es la mejor manera de que te libres de ese hombre, cuya presencia continua en tu casa tanto te daña. Es lo mejor; así se acaba sin escándalo, porque el escándalo, amigo, graba los hechos en la mente del público, y hechos estereotipados de este modo no se borran fácilmente».

—«¿Pero qué hombre es ese? —pregunté».

—«¡Qué hombre! —dijo con estupor, admirado de que yo no lo conociera—. Alejandro X. Estoy seguro de que sus visititas aquí han sido inocentes; pero le ven entrar, y como tiene tan mala fama...».

—«¿De veras? —dije para obligarle a explícarse mejor».

—«Sí —contestó—, es de estos que hacen gala de sus costumbres licenciosas. Buena figura, gracia, cierta depravación. No tiene más oficio que hacer el amor, ni más aspiración que ser objeto de las necias alabanzas de la multitud, siempre gozosa por cada honra que se pierde y cada nombre que se mancha».

—«¿Y dices que debo salir de aquí?».

—«Sí: es urgente. Déjate de medios violentos. Matar, desafiar; todo eso aumenta el escándalo y las habladurías...».

—«No: yo quiero matar a ese hombre —grité con furia, olvidando en aquel momento que Paris era inmortal».

—«¡Matar! ¿Y a quién? ¿a ese? ¿Y estás seguro de que al matarle castigas a un delincuente? Tú ya das por supuesto que ha habido delito, y no es esa la cuestión. Se trata solo de ciertas voces que debemos suponer no tienen fundamento alguno. Ahora di si esas voces se acallan matando gente».

—«Pues yo no puedo salir de aquí —dijo recordando la amenaza de Paris de seguirme a todas partes—, él irá tras nosotros».

—«¿Cómo puede ir contigo? —dijo mi amigo—. Y si va, en tu mano está evitar que te siga mucho tiempo. Aquí, no es fácil que sin escándalo puedas echarle de tu casa, mientras que viajando ya es más posible librarte de él por cualquier medio».

Poco más hablamos; pero lo que he referido fue lo bastante para confundirme más de lo que estaba. El principal tema de mi cavilación consistía en esto que repetía sin cesar: «Luego Paris es un ser real; ese que llaman

Alejandro no es una sombra, no es una aparición, sino un hombre que entra en mi casa y es conocido de todo el mundo. Alejandro y Paris son dos personas distintas; el que yo he visto es representación o remedo del primero». Cansado ya de aquel suplicio, resolví salir para buscar en la confianza y en el consejo de personas afectas a mí un alivio a tan terrible pena. Pensé dirigirme a varios amigos de lealtad probada, y además muy conocedores de las cosas de la vida, esperando sacar de ellos alguna luz para alumbrar tan pavoroso enigma.

Salí. Según después me han contado, andaba yo por la calle con la vista extraviada, el andar inseguro y torpe, puestos el sombrero y los vestidos de muy singular manera. Hacía reír a las gentes; y aun los acostumbrados a ver en mí un hombre no parecido a los demás, se paraban a mi paso, señalándome como una curiosidad. Aunque había hecho propósito de consultar con determinadas personas, yo no encaminaba derechamente mis pasos a lugar alguno. Iba de aquí para allí, a la ventura, ciegamente. Figuraos cuál sería mi sorpresa cuando, al atravesar no sé qué calle, tropecé... iba a caer, y una mano asió vigorosamente mi brazo. Me volví y era Paris que me sostenía. No sé lo que sentí en aquel momento. En otra situación de espíritu le hubiera dado de golpes en presencia de todo el mundo; pero ya la maldecida figura no me inspiraba sino temor: en su presencia mi alma se sobrecogía, mi palabra enmudecía, flaqueaban mis fuerzas. Desde que se ponía a mi lado, mi espíritu se subordinaba al dominio de aquel ser infernal, doblegándose tristemente como si sintiera su inferioridad. Desde aquel momento yo no me pertenecía, estaba en sus manos, en su poder. Él me tomó el brazo, y anduvimos largo trecho por las calles más concurridas sin hablar una palabra. Mirábanos la gente: muchos conocidos míos encontramos al paso, y yo observaba que al pasar cuchicheaban señalándonos. Sin saber cómo, y sin que mi voluntad obrara para nada en ello, el diabólico Paris me arrebató hacia el Prado, que por ser el día de los más hermosos de otoño, estaba concurridísimo. Los grupos se apartaban para dejarnos pasar, y muchos se sonreían con disimulo fijando la vista en los dos. En aquel instante Paris era visible para todos; ya no era aquella sombra, solo percibida por mí, que en mi habitación surgía de la tela de un cuadro; era un sujeto real, y todos le veían, le saludaban, nos saludaban, observando con malignidad, mas no con sorpresa, que anduviéramos juntos.

Así atravesamos el Prado; seguimos hacia Recoletos sin que yo pudiera detenerme. Arrastrábame de tal modo que a veces parecía que una fuerza extraña movía mis pies. La gente era en mayor número cada vez, y la malignidad la misma en todos los semblantes conocidos. Parábanse algunas personas y nos miraban un buen rato: otras pareciome que se reían; y en tanto nosotros siempre andando, andando. Yo estaba rojo de vergüenza; el rostro me quemaba como si tuviera en él carbones encendidos, y en el fondo de mi corazón latía un odio terrible, una pena profunda, una sombría angustia que no podía estallar, porque aquel demonio me lo tenía oprimido. Dentro del pecho sentía yo como una mano de fuego que me apretaba con fuerza, conteniendo en su puño ardiente cuanto en mí había de vida y sentimiento... Andábamos siempre sin descanso: gruesas gotas de sudor corrían de mi frente, y sentía una gran fatiga, aunque puramente moral, pues mi cuerpo no estaba cansado, y marchaba movido por una fuerza en mí desconocida. Atravesamos toda la Castellana, donde había más gente aún, mayor número de conocidos y más insistencia en mirarnos, sonriendo son malicia que rayaba en insolente. Caminábamos siempre, recorriendo el paseo de un extremo a otro, varias veces, hasta que la tarde iba cayendo, la gente se retiraba, y mi alma se cubrió de luto; nubláronse mis ojos, no vi más que sombras, y glacial frío corrió por todo mi cuerpo. No pude menos de detenerme: estábamos on el extremo del paseo: a nuestra espalda se oía el ruido de los coches alejándose y las pisadas de algún paseante rezagado. Entonces parece como que recobré el uso de la palabra, y sentí dentro de mí una especie de libertad, algo como descanso, como si la acción infernal de aquel ser abominable dejara de obrar sobre mí. No sé por qué atrajo mis miradas la extraordinaria brillantez de la luz crepuscular que por Occidente teñía el cielo de vivísima púrpura. Miré aquello con cierto deleite, no experimentado por mí desde algún tiempo; y cuando volví los ojos hacia mi lado, Paris ya no estaba allí, se había desvanecido como el humo. Por una ilusión fácil de explicar, volviendo a mirar hacia el Ocaso, me pareció ver dibujada con ráfagas de luz rojiza y cárdenas nubes, su faz aborrecida. Hallábame solo, enteramente solo; había recobrado el dominio de mí mismo; pero entonces el cansancio moral que antes experimenté se extendió a mi cuerpo, y caí sobre un banco aturdido y exánime.

IV

—Pues si he de hablar a usted francamente, amigo don Anselmo —dije—, esa aventura, lejos de aclararse a medida que se acerca el desenlace, se embrolla y oscurece más. Al principio, cuando la figura de Paris se apareció a usted en su cuarto, el caso podía pasar por una creación de la fantasía de usted, un extravío de su entendimiento. Aunque rarísimos, suele haber casos en que una imaginación enferma produce esos fenómenos que no tienen realidad externa, sino únicamente dentro del individuo que los produce. La figura desaparecida del lienzo, la voz que usted creyó escuchar en el cuarto de Elena, la sombra que vio ocultarse en el pozo, todo eso puede explicarse por una obsesión que, aunque rara, no es imposible. Pero después resulta que hay un ente real, un tal Alejandro, persona visible para todos, y que frecuenta la casa de usted; persona exactamente igual a la sombra entrometida, y que parece destinada a turbar la paz de los matrimonios, no con medios fantásticos, sino reales, según se desprende del diálogo de usted con su suegra y con su amigo. ¿En qué quedamos? ¿Qué relación existe entre Paris y Alejandro? Por una coincidencia que no creo casual, estos dos nombres son los que lleva el robador de Elena en la fábula heroica.

Ahora bien; usted dice que no conocía a ese Alejandro. Si usted le hubiera conocido, si antes de todas las apariciones, usted hubiera tenido celos de él, se comprende que su imaginación, dominada por tal idea, llegara a ese periodo patológico que origina tan grandes extravíos. Pero aquí lo primero ha sido la obsesión, y después ha venido la realidad a confirmarla. ¿No sería más lógico que precediera la realidad, y que después, a consecuencia de un estado real de su ánimo, aparecieran las visiones que tanto le atormentaron?

—Precisamente lo que usted dice fue lo que yo pensé cuando, serenado algún tanto, quise explicarme lo que me pasaba, de regreso a mi casa. He de advertir que, desde muy antes de ocurrir lo que he referido, mi cabeza se hallaba en un estado deplorable. Además de perder la memoria casi por completo, había tal extravío en mis juicios, que no acertaba a pensar con acierto ni a decir cosa alguna derechamente. Todo esto lo he observado después, y he venido a descubrirlo, cuando sondeando cuidadosamente lo pasado, he podido descubrir algo de lo que existía en mi cabeza en aquel periodo. Transcurrido algún tiempo, pude, a fuerza de recapacitar, a fuerza de atar cabos, restablecer los hechos, aunque no con la claridad que requerían. Por último, pude recordar que efectivamente yo había conocido a aquel Alejandro de que hablaban mis suegros, mi amigo, y por fin, Madrid entero.

—Pues entonces todo está explicado —dije yo—. Preocupose usted con aquel hombre, tuvo celos, pensó en eso noche y día, y ese pensamiento fue dominándole hasta el punto de ocupar todo su espíritu: la continua fijeza del pensamiento en una idea dio gran vuelo a su fantasía, debilitáronse sus fuerzas corporales con el predominio absoluto del espíritu, y de aquí ese estado morboso que lo mortificó tanto. Eso, aunque raro, pasa todos los días. Los místicos que han hablado de sus visiones con tanta fe, creyendo que han conversado con Jesús y la Virgen, son prueba de ese estado patológico que da preponderancia inmensa a la imaginación sobre todas las facultades.

Ahora bien, don Anselmo, piénselo usted bien y procure hacer memoria: ¿antes de la aparición de Paris no ocurrió algún hecho que pudiera ser la primera causa determinante de esa serie de fenómenos que tanto le trastornaron a usted? La verdad es que aquel trastorno fue consecuencia de una perturbación anterior. Es preciso que usted diga lo que pasó antes de que viera desaparecer del lienzo la figura pintada.

—Antes de contar a usted el fin de la aventura —respondió el doctor Anselmo—, referiré lo que me dijo un cierto amigo antiguo de mi familia, un viejo de quien yo, pasada mi niñez, me había olvidado un poco. Según él, mi padre había sufrido iguales tormentos, siendo de notar entre ellos uno en que estuvo a punto de perder la vida, porque las obsesiones le quitaron hasta el hábito y las ganas de comer, sumergiéndole en hondas melancolías. Díjome que mi padre fue perseguido también por una sombra, si bien aquella no era un perturbador del matrimonio, sino un acreedor fantástico que venía a pedirle gruesas sumas, hablándole de un litigio que no terminaba nunca. Mi padre tenía desde antes de eso un horror extraordinario a los pleitos; era su manía, su tema, su locura.

—Veo que es mal de familia —añadí—. Cuando se tiene propensión natural a la vida de fantasía, no seguir la carrera de santo es errar la vocación. Para el arte no es fecunda ni útil esa facultad desenfrenada, esa furia rebelde que no se sujeta a las leyes de la razón, ni se templa con la influencia del buen sentido. Solo sirve para producir los deliquios y alucinaciones del misticismo: hace del hombre un ser fuera de sí, que no está nunca en sí mismo, sino en otro mundo que él puebla a su antojo de seres, dandoles vida incongruente e ilógica, como la suya, poniéndoles en acción, atribuyéndoles hechos raros, disparatados, absurdos, como los suyos.

—Pues otro amigo mío —continuó el doctor—, un sabio ilustre a quien yo conocía también desde muy atrás, me dijo que esto no era más que una enfermedad, y me habló de dislocación encefálica, de cierta disposición que tomaban los ejes de las celulillas del cerebro, polarizadas de un modo especial: me dijo también que los arseniatos obraban con eficacia en tal estado patológico, que los nervios ópticos sufrían una alteración sensible, y que producían las imágenes por un procedimiento a la inversa del ordinario, partiendo la primera sensación del cerebro, y verificándose después la impresión externa.

—Yo no entiendo de medicina —dije—, pero que se trata aquí de un estado morboso, no puede dudarse. Yo he leído en el prólogo de un libro de Neuropatía, que cayó al azar en mis manos, consideraciones muy razonables sobre los efectos de las ideas fijas en nuestro organismo. Aquel autor disertaba sobre las aprensiones de los enfermos, de un modo raro, pero a mi ver no destituido de fundamento. Decía que la atención, fija constantemente en una parte del cuerpo, producía en ella la alteración del tejido; y de este modo explicaba las célebres llagas de San Francisco, las cuales no eran otra cosa, según él, que una lesión producida por la convergencia de todas las facultades, de todas las fuerzas del espíritu hacia el punto en que aparecieron. Si estos efectos tan palpables producen las ideas fijas en la economía animal, si tienen poder bastante para alterar los tejidos, para trastornar lo que les es menos afine, la materia, ¿qué no harán en la vida espiritual, donde todas las facultades están en perpetuo y estrechísimo enlace? Yo me explico la obsesión de usted, y sus diálogos ser incomprensible; me explico el duelo, que fue el último grado de la alucinación. Todo lo comprendo menos la falta de antecedentes reales, de hechos que favorecieran esa predisposición de usted, determinando la serie de fenómenos psicológicos que ha referido.

—Hechos, sí; yo creo que los hubo —contestó—. Lo último de que conservaba memoria es haber oído hablar a mi mujer de aquel joven. Yo pienso que también le vi y le hablé. Pero no recuerdo más. Después, lo que mi memoria conserva de un modo indeleble, es la noche en que oí la voz en su cuarto; la desaparición de la figura del cuadro, en fin, todo lo que he referido.

—¿Y no reparó usted si volvió Paris a su sitio?

—Seguiré contando. Cuando volví a mi casa, conocí desde que entré que algo pasaba en ella. Iban y venían los criados con agitación: oí la voz de mi suegra, penetrante y aguda; y alternando con ella la del conde de Torbellino, bronca y sonora.

Al punto me enteraron de que mi esposa estaba gravemente enferma, y así lo demostró la presencia de dos afamados médicos y la consternación de cuantos la rodeaban. Su malestar se había agravado repentinamente, determinándose una congestión cerebral, cuyas consecuencias, al decir de los médicos, no serían nada lisonjeras. Yacía en su lecho con muestras de una profunda alteración, inquieta y delirante a veces, exánime y como muerta otras. Su madre no cesaba de hablar, lamentando aquella desventura en el tono más destemplado y chillón. «¿Cuál otra puede ser la causa de este funesto ataque, sino las extravagancias de Anselmo, que la lleva al sepulcro con las mortificaciones incesantes a que la tiene sujeta? Es imposible que una naturaleza delicada resista a esa lenta inquisición». Y después lloraba con sinceras lágrimas, porque a pesar de ser una vieja desenvuelta y coqueta, no carecía de sentimientos maternales. Elena se ponía cada vez peor. Los auxilios de la ciencia parecían ineficaces, y por fin, después de verla padecer horriblemente por mucho espacio de tiempo, todos comprendimos que se moría sin remedio, a no ser que un milagro la salvara.

—¿Y Paris? —pregunté, porque me parecía extraño que el endiablado burlador no se presentase en aquel cuadro final, donde le correspondía uno de los principales papeles.

—¿Paris? Ya verá usted. Aquel demonio no debía tardar en presentarse para decir la última palabra. El espectáculo de la agonía de Elena me daba tanta pesadumbre, que no pude permanecer mucho tiempo en su cuarto.

Érame imposible fijar los ojos en ella sin estremecerme, sintiendo un gran dolor unido a cierto remordimiento intensísimo que mi corazón no podía dominar. Al ver cómo espiraba tan hermosa, en la flor de la edad, en lo más risueño de la vida, pensaba si yo, como dijo mi suegra entre sollozos, era el único autor de tan triste fin, que ella seguramente no merecía. Yo consideraba que la muerte está sobre todos y nos elige, sin atender a las razones que contra ella podamos tener; pero aún así, yo creía que, no estando unida a mí, Elena no hubiera muerto tan pronto. No pudiendo resistir aquel espectáculo, como he dicho, me retiré a mi cuarto traspasado de dolor; allí estaba Paris, sentado, fumando y golpeándose con el bastón en la suela de la bota, con ademán distraído y algo descortés, impropio de la situación en que se hallaba mi casa. Cuando entró, se volvió hacia mí y me dijo:

—«Me voy: al fin lo has conseguido; pero ia qué precio! Para librarte de mí has tenido que matarla!».

—«¡Yo! —repuse sin poder contener mi ira—. ¡Yo... Dices que yo la he matado!».

—«Sí, tú, que las has traído al estado en que se halla con tus violencias, con tus acometidas, con esos bruscos allanamientos de morada que has hecho en su cuarto, con el horror que le inspiraste, con la turbación moral que has producido en ella. Yo he leído, no sé dónde, que estos sacudimientos, causados por fuertes impresiones y sorpresas, si se repiten con alguna frecuencia, alteran de tal modo las funciones del cuerpo, lo desquician y desequilibran de tal modo, que al fin el estado normal no puede restablecerse y la muerte es segura.

—«No he sido yo, demonio aborrecido —exclamé—, no he sido yo quien la ha matado, has sido tú, tú que has traído el desorden a esta casa, que me has vuelto loco. Tu misión es luto y vergüenza: tú me has deshonrado, me has perdido, me has lastimado en lo que para mí había de más caro; has pisoteado mi corazón; has hecho escarnio de mis sentimientos; me has hecho aborrecible lo que más amaba en el mundo; y de aquello que era para mí de más valor que la misma vida, mi honor, tú has hecho una burla, un epigrama, una gacetilla puesta en boca de los ociosos y de los libertinos.

—«Ese es mi destino —dijo sin alterarse por los improperios que le dirigí; y en verdad yo estaba furioso y elocuente. Sin saber por qué, iba desapareciendo el terror que aquel demonio me causaba... Después le dije:

—«Tú eres la más grande aberración de la sociedad; eres una de esas monstruosidades que acompañan al hombre como un duro castigo de no sé que delito, que perennemente y sin conciencia de ello estamos cometiendo.

—«¡Necio! —exclamó—, tú me has llamado. Tú me has dado la vida: yo soy tu obra. Te haré recordar, aunque la comparación sea desigual, la fábula antigua del nacimiento de Minerva. Pues bien, yo he salido de tu cerebro como salió aquella buena señora del cerebro de Júpiter: yo soy tu idea hecha hombre. Mas no creas por eso que no tengo existencia real: yo ando por ahí como tú, me conoce todo el mundo, soy un Fulano de Tal, como cualquiera. Para el mundo hay un Alejandro, persona muy conocida y nombrada; para ti hay este Paris que te atormenta, esta sombra que te persigue, esta idea que te tortura. ¡Adiós! ya nada tengo que hacer aquí; tu esposa se muere. ¡Abur!».

En aquel momento sentí gritos agudísimos en el interior de la casa. Elena había muerto, Paris desapareció, yo me sentí libre, respiré. Parecíame que no había respirado en tres días; de tal modo se complacía mi pecho en aquella expansión descansada y reparadora. Al mismo tiempo, una pena profunda me llenaba el alma, al considerar la existencia que había de menos en mi casa, aquel espíritu que se había ido, huyendo de mí. En aquel momento de supremo dolor me pareció que la vi pasar como ráfaga, como nube ligera, no tan tenue ni tan rápida que me impidiera ver sus facciones alteradas por ese misterioso sello que pone la muerte a las caras más hermosas. Aquello pasó por delante de mis ojos, dejándolos deslumbrados un momento.

—¿Y Alejandro? —pregunté en el mismo tono y con la misma intención con que antes había preguntado: ¿Y Paris?

—Aquel Alejandro fue inmediatamente a casa cuando supo la muerte de Elena, y según oí decir, estaba el pobre muy consternado y algo lloroso. Fue al entierro, presenció la inhumación, y hasta me dijeron que había llevado luto algunos días.

—Ese caballerito —dije yo—, era verdadera expresión material de aquel Paris odioso que le martirizó a usted. Ese es el verdadero Paris.

—Sí —afirmó él—; le he visto muchas veces después, aunque jamás he querido saludarle. Siempre que lo encuentro me estremezco. Hoy es un viejo verde, lleno de lamparones y algo cojo. En resumen: los celos que me inspiró ese hombre tomaron en mi cabeza aquella forma de visión que he referido a usted. La cosa es rara: bien dije a usted que mi fantasía era una potencia frenética y salvaje, una enfermedad más bien que una facultad.

—El orden lógico del cuento —dije—, es el siguiente: usted conoció que ese joven galanteaba a su esposa; usted pensó mucho en aquello, se reconcentró, se aisló: la idea fija le fue dominando, y por último se volvió loco, porque otro nombre no merece tan horrendo delirio.

—Así es —contestó el doctor—, solo que yo, para dar a mi aventura más verdad, la cuento como me pasó, es decir, al revés. En mi cabeza se verificó una desorganización completa, así es que cuando ocurrió la primera de mis alucinaciones, yo no recordaba los antecedentes de aquella dolorosa enfermedad moral.

—¿Y Elena...? —dije con intención de hacer una pregunta atrevida; pero me contuve por temor de herir la delicadeza del doctor.

—Ya sé lo que usted me quiere preguntar —contestó—: usted quiere saber lo que creo acerca de su conducta: si fue infiel o no. Sobre este punto arrojo un velo: no me lo haga usted levantar. Nada sé ni he querido averiguarlo: prefiero la duda.

Después de decir esto, el doctor calló, sumergiéndose en sus ordinarias cavilaciones. Yo no quise hacerle más preguntas, y, después de saludarle, me retiré; porque, a pesar del interés que él quería imprimir a su narración, yo tenía un sueño que no podía vencer sin dificultad. Al bajar la escalera me acordé de que no le había preguntado una cosa importante y que merecía ser aclarado, esto es, si la figura de Paris había vuelto a presentarse en el lienzo, como parecía natural. Pensé subir a que me sacara de dudas satisfaciendo mi curiosidad; pero no había andado dos escalones cuando me ocurrió que el caso no merecía la pena, porque a mí no me importa mucho saberlo, ni al lector tampoco.

MADRID:
Noviembre 1870.

Celín

Capítulo I. Que trata de las pomposas exequias del señorito Polvoranca en la movible ciudad de Turris

Cuenta Gaspar Díez de Turris, cronista de las dos casas ilustres de Polvoranca y de Pioz, que el capitán don Galaor, primogénito del marquesado de Polvoranca, murió de un tabardillo pintado el último día de Octubre, y le enterraron en una de las capillas de Santa María del Buen Fin el 1.º de Noviembre, día de Todos los Santos. El año de esta desgracia no consta en la Crónica, ni hay posibilidad de fijarlo, porque todo el documento es pura confusión en lo tocante a cronología, como si el autor hubiera querido hacer mangas y capirotes de la ley del tiempo. Tan pronto nos habla de cosas y personas que semejan de pasados siglos, como se nos descuelga con otras que al nuestro y a los días que vivimos pertenecen; por lo cual le entran a uno tentaciones de creer cierto run run que la tradición nos ha transmitido referente al tal Díez de Turris; y es que después de las comidas solía corregirse la flaqueza de estómago con un medicamento que no se compra en la botica, siendo tal su afición, que el codo lo tenía casi siempre en alto hasta la hora de la cena, y aun después de esta, que era cuando escribía. Estaba, pues, el hombre tan inspirado, que hasta el manuscrito que a la vista tengo conserva todavía el olor.

Pues, como decía, dieron tierra al capitán don Galaor la víspera de los Difuntos, con tanta pompa y tan lucido acompañamiento de personas principales, que en Turris no se había visto nunca cosa semejante. Veinticinco años tenía el joven, gloria extinguida y esperanza marchita de sus papás. Había despuntado con igual precocidad en las armas y en las letras, y aunque no llegó a consumar ninguna sonante proeza con la espada ni con la pluma, sin duda estaba llamado a asombrar al mundo cuando la ocasión llegase. Su muerte fue muy sentida en todo el Reino, mayormente en aquella parte donde radican los estados de Polvoranca y de Pioz, casas un tiempo divididas por rencillas de caciquismo, después reconciliadas en bien de la República. Habitaban los dignos jefes de estas históricas familias en la opulenta ciudad de Turris, a quien baña el caudaloso Alcana, de variable curso, y fue prenda final de su concordia el concertado matrimonio de don Galaor de Polvoranca con Diana de Pioz, hija única del marqués de Pioz, cuyos títulos, honores y preeminencias rebasaban el papel de la Crónica, si se pusiesen todos en ellas. La muerte, según dice Díez de Turris con patética elegancia, demolió en un día el sólido alcázar de estos planes. Ella y él habían nacido, como es uso decir, el uno para el otro. Era Dianita una *chica* (así lo reza el historiador) de prendas tan excelentes, que no se han inventado aún palabras con que deban ser encarecidas, pues si en hermosura daba quince y raya a todas las hembras del Reino, en discreción, saber y talento se las apostaba con los turriotas más ilustres, académicos, teólogos, oradores, publicistas calzados y pensadores descalzos que iban de tertulia al palacio de Pioz.

El dolor de esta sin par damisela, cuando le dieron la noticia del fallecimiento de su novio fue tan vivo, que no perdió el juicio por milagro de Dios. El marqués y su hija se abrazaron llorando, y las lágrimas de uno y otro se mezclaban, empapándoles la ropa. Al papá se le puso tan perdida la golilla que se la tuvo que quitar, y la falda de Diana se podía torcer. Entráronle a la niña convulsiones, y después una congoja tan fuerte, que pensaron se quedaba en ella. Gracias al pronto auxilio de los mejores médicos de Turris, que acudieron llamados por teléfono, y a los consuelos cristianos que echó por aquel pico de oro el capellán de la casa, filósofo de la Orden de Predicadores y hombre muy consolador, a la niña se le aplacaron los alborotados nervios. Metiéronla en el lecho sus doncellas, y en él siguió llorando, aunque resignada. Si las lágrimas fuesen perlas —dice muy serio Gaspar Díez—, conforme sienten y afirman los poetas, en aquel caso se habrían podido recoger entre las sábanas algunos celemines de ellas.

Verificose el entierro con pompa nunca vista. Los periódicos de la mañana echaron en cuarta plana la papeleta con un rosario de títulos y honores, encerrados en negra orla. El carro fúnebre iba tirado por ocho caballos con negros caparazones bordados de oro. Los lacayos de la casa de Polvoranca, vestidos a la borgoñona, llevaban hachas, y los niños del Hospicio estrenaron las dalmáticas de luto que para tales casos les hizo por contrata la Diputación. Presidía el Capitán general, llevando a su derecha a dos señores senadores y a su izquierda a don Beltrán de Pioz, que había sido virrey del Perú, al Inspector de la Santa Hermandad, y al licenciado Fray Martín de Celenque, subsecretario del Santo Oficio. Iban también todos los individuos de la Junta Directiva del Ateneo, presididos por el Prior de la Merced, la oficialidad del tercio de Sicilia, varios alcaldes de Corte, lo más granado de la Sociedad Protectora de los Peces, algunos consejeros de Indias y de órdenes, y toda la plana mayor del Consejo de Administración del *Ferrocarril de Turris a Utopía*. La venerada Archicofradía del A. B. C. iba completa, cubiertos los cofrades con ropa negra de penitente y capuchón colorado, y detrás seguían los masones, tan respetables con sus mandiles, que se confundían con los padres dominicos. Llevaban las cintas del féretro un teniente del tercio de Sicilia, a que pertenecía el finado, un caballero del hábito de Santiago el Verde, un socio del club de pescadores de Turris, un padre jesuita (por haber recibido el don Galaor su educación primera en un falansterio de la Compañía), un jovencito de la Academia de Jurisprudencia, y otro de la Sociedad kantiana de San Luis Gonzaga, donde el malogrado Polvoranca había leído su memoria sobre la organización militar a la prusiana.

Hubo gran funeral de cuerpo presente en Santa María, con mucha clerecía, canto llano y orquesta. Ofició el Obispo de la diócesis, que era también senador y del Consejo y Cámara de Castilla, y subió al púlpito el doctor Ramírez Cobos, lector en teología y presidente de la sección de Cánones del Ateneo, el cual pronunció la oración fúnebre. Los taquígrafos la tomaron puntualmente y salió en los periódicos de la noche. Después llevaron el cuerpo a la capilla del Espíritu Santo. La muerte había respetado las agraciadas facciones del joven, que más parecía dormido que difunto. Diósele sepultura junto a las tumbas de esclarecidos varones de las familias de Polvoranca y de Pioz, que en la tal capilla tienen desde tiempo inmemorial sus enterramientos. Allí está el Gran Maestro de Pioz, general de las galeras de S. M., terror del turco y del veneciano, y su estatua yacente, vestida con hábito de almirante, empuñando la estaca de mando, pone miedo a cuantos la contemplan; allí la ilustre doña Leonor de Polvoranca, casada en primeras nupcias con un hermano del palatino de Hungría y en segundos con don Ataúlfo de Pioz, jefe superior de Administración y colector de espolios; allí el marmóreo busto del Adelantado de Hacienda, poeta excelso que compuso en octavas reales la epopeya de las *Rentas*, y recogió en su *Flora selecta de rimas económicas* toda la poesía del siglo de oro de nuestros financieros más inspirados; allí el gran don Lope de Pioz, caballerizo mayor del Congreso y

gentilhombre del Ayuntamiento constitucional de Turris; allí, en fin, empotrados en nichos murales o sepultados bajo losas con peregrinos epitafios, otros muchos varones y hembras tan insignes, que la Fama, cuando tiene que pregonarlos a todos, como dice galanamente el cronista, es queda, asmática para ocho días y con los labios hinchados de tanto soplar la trompa.

En resolución, que somos polvo, aun siendo Polvoranca (esta es también frase del escritor iluminado); y luego que pusieron sobre la removida tierra las coronas dedicadas al muerto por su familia y amigos, retiráronse estos afligidísimos a catar el espléndido lunch con que les obsequiaron el capellán y coadjutores de Santa María del Buen Fin.

Y vino la noche sobre Turris, dejando caer antes un velo de neblina sutil, que mermaba y desleía el brillo de las luces de gas. Este vapor húmedo y fresco, condensándose en las aceras, las hacía resbaladizas, y los adoquines brillaban como si les hubieran dado una mano de negro jabón. Los caballos de los coches echaban por sus narizotas gruesos chorros de vapor luminoso; y todo se iba empañando, desvaneciendo; las líneas se alejaban, las formas se perdían. Poco después empezaron los chicos a vocear los periódicos de la noche *con la llegada de los galeones de Indias*. La gente acudía a los teatros a ver el *Don Juan Tenorio*, los cafés estaban llenos de parroquianos, y las tiendas de lujo apagaron el gas, porque los cristales de los escaparates estaban empañados y nada se podía ver de lo que dentro se exponía. Algunas rondas de penitentes circulaban por las principales calles, rezando en alta voz el Santo Rosario, y como era noche de Difuntos, había muchos puestos de castañas, y las campanas de todas las iglesias, así como las de las sociedades literarias y científicas, atronaban el aire con sus fúnebres lamentos.

Capítulo II. La inconsolable

Profundamente abatida, Diana de Pioz se resistía a tomar alimento y a pronunciar palabra. Su desconsolado papá, el egregio marqués, empleaba, para sacarla de aquella postración lúgubre, todos los recursos de su facundia parlamentaria. Era hombre que hablaba por siete, y en el Senado no había quien le echara el pie delante en ilustrar todas las cuestiones que iban saliendo. Su especialidad era la estadística, y con las resmas de números que llevaba en los bolsillos probaba todo cuanto quería. No había sesión en que no se le oyera un par de horas, siempre indignado, entreverando el largo discurso con repetidas tomas de rapé, y marcando las frases con la coleta de su peluca, que por detrás de la cabeza, extendíase a tan considerable distancia, que ningún senador podía sentarse a espaldas del marqués sin recibir algún zurriagazo.

Cierro el paréntesis y sigo. Diana, fingiéndose más consolada para que su papá la dejara sola, dijo que quería dormir. Mandó retirar también a sus doncellas, y buen rato estuvo atenta al vocerío de las campanas, contando los segundos que mediaban entre son y son, y sintiendo como un goce terrible en el temblor que le producían las vibraciones del metal rasgando el aire. Prolongó una hora, dos horas aquella delectación de su mente extraviada, y cuando calculó quo todos los habitantes del palacio dormían, saltó resueltamente del lecho. Su irremediable pena le había sugerido la idea de quitarse la vida, idea muy bonita y muy espiritual, porque, hablando en plata, ¿qué iba sacando ella con sobrevivir a su prometido? ¡Ni cómo era posible tolerar aquel dolor inmenso que le atenazaba las entrañas! Nada, nada, matarse, saltar desde el borde oscuro de esta vida insufrible a otra en que todo debía de ser amor, luz y dicha. Ya vería el mundo quién era ella y qué geniecillo tenía para aguantar los bromazos de la miseria humana. Esta idea, mezcla extraña de dolor y orgullo, se completaba con la seguridad de que ella y su amado se juntarían en matrimonio eterno y eternamente joven y puro; ayuntamiento lleno de pureza y tan etéreo como las esferas rosadas y sin fin por donde entrambos volarían abrazados. Por su inexperiencia del mundo y por su educación puramente idealista, por la índole de sus gustos y aficiones artísticas y literarias, hasta la fecha aquella de su corta vida Diana consideraba la humana existencia en su parte más inmediatamente unida a la naturaleza visible, como una esclavitud cuyas cadenas son la grosería y la animalidad. Romper esta esclavitud es librarnos de la degradación y apartarnos de mil cosas poco gratas a todo ser de delicado temple.

Abro otro paréntesis para decir que aquella gran casa de Pioz, de remotísima antigüedad, tenía por patrono al Espíritu Santo. La imagen de la paloma campeaba en el escudo de la familia y era emblema, amuleto y marca heráldica de todos los Pioces que habían existido en el mundo. La paloma resaltaba esculpida en las torres vetustas y en las puertas y ventanas del palacio, tallada en los muebles de nogal, bordada en las cortinas, grabada con cerco de piedras preciosas en la tabaquera del marqués, en los anillos de Diana, en todas sus joyas, y hasta estampada por el maestro de obra prima en las suelas de sus zapatos. Diana tenía costumbre de invocar a la tercera persona de la Trinidad en todos los actos de su vida, así comunes como extraordinarios, por lo cual en esta tremenda ocasión que acabo de mencionar, convirtió la niña su espíritu hacia la paloma tutelar de los ilustres Pioces, y después de una corta oración, se salió con esto: «Sí, pichón de mi casa, tú me has inspirado esta sublime idea, tuya es, y a ti me encomiendo para que me ayudes».

En su desvarío cerebral, Diana, conservaba un tino perfecto para las ideas secundarias, y no se equivocó en ningún detalle del acto de vestirse: ni se puso las medias al revés, ni hizo nada que pudiera deslucir su gallarda persona, después de vestida. Veía con claridad todo lo concerniente al atavío de una dama que va a salir a la calle, atavío que el decoro y el buen gusto deben inspirar, aun cuando una vaya a matarse. El espejo la aduló, como siempre, y ambos estuvieron de consulta un ratito... Por supuesto, era una ridiculez salir de sombrero. Como el frío no apretaba mucho, púsose chaquetilla de terciopelo negro, muy elegante, falda de seda, sobre la cual brillaba la escarcela riquísima bordada de oro. En el pecho se prendió un alfiler con la imagen de su amado. Zapatos rojos (que eran la moda entonces) sobre medias negras concluían su persona por abajo, y por arriba el pelo recogido en la coronilla, con horquilla de oro y brillantes en la cima del moño. Envolviose toda en manto negro, el manto clásico de las comedias, el cual la cubría de pies a cabeza, y ensayó al espejo el embozarse bien y taparse como una máscara, no dejando ver más que ojo y medio, y a veces un ojo solo. ¡Qué bien estaba y qué gallardamente manejaba el tapujito! El misterioso rebozo marcaba en lo alto la cúspide puntiaguda del moño, y caía después, dibujando con severa línea el busto delicado, la oprimida cintura, las caderas, todo lo demás de la airosa lámina de la joven. En aquel tiempo se usaban muy exagerados esos aditamentos que llaman *polisones*, y el manto marcaba también, como es natural, el que Diana se puso, que no era de los más chicos, cayendo después hasta dos dedos del suelo, donde se entreparecían los pies menuditos y rojos de la enamorada y espiritual niña... Vamos: era la fantasma más mona que se podría imaginar.

Cogió una llave que en su vargueño guardaba, y salió. Era la llave de la escalerilla de caracol que comunicaba la biblioteca y armería con el jardín. Tiqui, tiqui, se escurrió bonitamente Diana por un pasadizo, y luego atravesó dos o tres salas, a oscuras, palpando las paredes y los muebles, hasta que llegó a la biblioteca. Abrió, cuidando de no hacer ruido, la puerta de la escalera de caracol, y tiqui, tiqui, bajo los gastados escalones, hasta encontrarse en el jardín. Cómo pasó de este al gran patio, y del patio a la calle burlando la vigilancia de la ronda nocturna del palacio, es cosa que no declara el cronista. Lo que sí expresa terminantemente es que en el tiempo que duró el largo tránsito por tenebrosas galerías, escaleras, terrazas, poternas y fosos hasta llegar a la calle, iba pensando la niña en la forma y manera de consumar la saludable liberación que proyectaba. Su mente descartó pronto algunos sistemas de morir muy usados entre los suicidas, pero que a ella no le hacían maldita gracia. Fácil le hubiera sido coger en la armería de su papá un mosquete o un revólver; pero ni sabía cargar estas armas, ni estaba segura de saber pegarse el tirito fatal. Puñal, daga o alfange no le petaban, por aquello de que se puedo uno quedar medio vivo; y los venenos son repugnantes porque ponen el estómago perdido y quizás hay que vomitar... Nada, lo mejor y más práctico era tirarse al río. Cuestión de unos minutos de pataleo en el agua, y luego el no padecer y el despertar en la vida inmortal y luminosa.

Capítulo III. Trátase de la ciudad movible y del río vagabundo
Tomada la resolución de ahogarse, Diana pensó que debía ir antes a visitar el sepulcro de don Galaor; pero al dar los primeros pasos en la calle se sobrecogió, pues la oscuridad de la noche y la extensión laberíntica de la gran ciudad de Turris, no le permitirían acaso encontrar la iglesia del Buen Fin sin que alguien la guiase. Miró a diestro y siniestro, pero como por todos lados viera techos negros, torres altísimas, almenados muros y pináculos góticos, la pobre niña no sabía a dónde volverse. La niebla no se había disipado, aunque era ya menos densa que al anochecer, y los edificios se dibujaban, entre la penumbra blanquecina, mayores de lo que realmente eran. La inconsolable discurrió que lo mejor era andar a la ventura, confiando en

que su protector el Espíritu Santo la conduciría sin tropiezo al través de las dificultades permanentes y ocasionales de la topografía de la ciudad.

Hay que hacer ahora una aclaración de carácter geográfico, que sorprenderá mucho al lector, y en la cual insiste mucho el cronista, asegurando en forma de juramento, que el día en que escribió esta parte de su relación no cometió exceso antes ni después de la cena. Pues ello es un fenómeno físico, peculiar de la ciudad de Turris, y que en ninguna otra parte del globo se ha manifestado nunca, como sienten Estrabón y dos graves autores más. La ciudad de Turris se mueve. No se trata de terremotos, no: es que la ciudad anda, por declinación misteriosa del suelo, y sus extensos barrios cambian de sitio sin que los edificios sientan la más ligera oscilación, ni puedan los turriotas apreciar el movimiento misterioso que de una parto a otra les lleva. Se parece, según feliz expresión del cronista, a un gran animal que hoy estira una calle y mañana enrosca un paseo. A veces la calle que anocheció curva, amanece recta, sin que se pueda fijar el momento del cambio. Los barrios del Norte se trasladan inopinadamente al Sur. Los turriotas, al levantarse todas las mañanas, tienen que enterarse de las variaciones topográficas ocurridas durante la noche, pues a lo mejor aparece el Tribunal de Cuentas al lado de la Plaza de toros, y el Congreso frente al Depósito de caballos padres.

El centro de la ciudad se mueve poco y rara vez. Los radios son los que van de aquí para allí con movimiento tan inapreciable a los sentidos, directamente, cual la rotación cósmica del planeta. Las arterias radiales de la ciudad y sus extremidades son las que se revuelven, se cruzan y se enroscan como los rejos del pulpo. Lo más particular es que las líneas de tranvías sufren poco o nada, pues sus carriles se acomodan a la dirección del movimiento. El inaudito fenómeno se verifica casi siempre de noche. El Municipio tiene pregoneros que salen por las mañanas voceando la nueva topografía, y se ponen carteles diciendo, por ejemplo: «La cárcel se ha corrido al Oeste. Hay tendencias en el Sonado a derivar hacia los Pozos de nieve. La Bolsa firme (quiere decir que no se ha movido). El convento de Padres Capuchinos Agonizantes, unido a la Dirección de Infantería y al Hotel de Bagdad, marcha, costeando el barrio de los judíos, hacia la Fábrica del gas». Cierto que este fenómeno, único en el globo, tiene sus inconvenientes, porque no se sabe nunca, en tal ciudad, de quién es uno vecino y de quién no; pero hay que reconocer que no carece de ventajas, pues cuando un turriota sale, a altas horas de la noche, de una francachela, con la cabeza un poco mareada, no necesita fatigarse para ir a su casa, sino que se está quietecito, arrimado a un guardacantón, esperando a que pase la puerta de su vivienda para meterse en ella tan tranquilo.

Es, pues, de saber que Diana tiró por la primera calle que a su vista se ofrecía. El lamentar de las campanas, en vez de intimidarla, le prestaba más ánimos, confirmando en lenguaje solemne sus propios pensamientos. Pasó por las calles céntricas y comerciales, bulliciosas de día, a tal hora casi desiertas. Ya había salido el público de los teatros, y en los cafés había bastante gente cenando o tomando chocolate. Los vendedores de periódicos voceaban perezosos, deseando vender los últimos ejemplares. Diana reparó en algunas mujeres con manto, que no parecían trigo limpio, y hombres que las seguían y alborotaban con ellas en animado grupo. Oyó ruido de espuelas, y vio caballos envueltos en capas negras o rojas, mostrando la espada a la manera de un rabo tieso que alzaba la tela. Paseando por barrios excéntricos, donde observó secreteos en las rejas, llegó a una calle donde había muchas tabernas y gente de malos modos y peores palabras que escandalizaba a ciencia y paciencia de los cuadrilleros de Orden público, los cuales, plantados en las esquinas, como estatuas, encajonada la cara en las golillas, tapándose la boca con el ferreruelo, más parecían durmientes que vigilantes.

Atravesó después la niña un tenebroso parque, y hallose, por fin, en sitio solitario y abierto. Vio pasar una gran torre que iba de Norte a Sur, cual un fantasma, y como al mismo tiempo sonaban en ella las campanas, el eco de estas se arrastraba por el aire a modo de cabellera. Fábricas monstruosas con altísimas chimeneas pasaron también como escuadrón que marcha al combate con los fusiles al hombro; después vio ante sí los resplandores de la Fábrica del gas. Pasaron algunos hombres encapuchados, que debían de ser la ronda del Santo Oficio. La inconsolable se ocultó en la sombra de una casa destechada. Pasaron, tras la ronda, penitentes que se daban de zurriagazos sin piedad; luego, empleados del resguardo que iban a relevarse en los puestos; en pos, un borracho que trazaba con inseguro paso rúbricas sin fin en el suelo húmedo. La joven, asustada de su soledad y sin esperanza de encontrar la iglesia del Buen Fin, no se atrevía a preguntar a nadie. Por último oyó una voz infantil que cantaba el himno da Riego, mejor dicho, lo silbaba con música semejante a la que aprenden los mirlos enjaulados a las puertas de las zapaterías. Aquella tierna voz le inspiró confianza. Un niño como de seis años avanzaba con marcial continente, marcando el paso doble y agitando un palito con la mano derecha, en perfecta imitación de los gestos de un tambor mayor al frente del regimiento.

Discurrió la damisela que aquel gallardo rapaz podría darle informes mejor que cualquier gandul desvergonzado y... «¡Pst... chiquillo, ven acá!...».

Parose en firme el muchacho al ver salir de la sombra la esbelta figura, y cuando reparó que era una dama, llevose la mano al andrajo que por gorra tenía.

—Chiquillo —añadió ella— ¿quieres decirme si está por aquí Santa María del Buen Fin? Y si está lejos, ¿qué camino debo tomar? Te daré una buena propina si no me engañas.

El muchacho se cuadró ante la señorita de Pioz, y con desenvuelta palabra y ademanes más desenvueltos todavía, le dijo:

—¡El Buen Fin! Muy cerca está. ¿Ves aquella torre que acaba de parar?... Allí es. Yo te enseñaré el camino.

—¡Ay! hijo, ¡qué alegría me das!... Pero ponte la gorra que hace frío. Mira (sacando una moneda de su escarcela) ¿ves este ducadito de once reales? Pues es para ti si te portas bien.

Los ojos del chico brillaron de tal modo al ver la moneda, que Diana creyó tener delante dos estrellas. Sin decir nada, el rapaz echó a andar, silbando otra vez su patriotera música, y marcando el paso vivo, con mucho meneo del brazo derecho, a estilo de cazadores.

—Oye, niño —le dijo la inconsolable que no quería ser precedida por una banda militar—. Vale más que vayamos calladitos. No nos conviene llamar la atención... ¿Te parece?

Callose el guía y dio dos o tres brincos u zapatetas con tanta ligereza, que la niña de Pioz no pudo menos de sonreír un poco.

—Pobrecillo (poniéndole la mano en la cabeza), ¡y qué mal estás de ropa!

Efectivamente, el chico llevaba unos gregüescos cortos, las piernas al aire, los pies descalzos. El cuerpo ostentaba un juboncillo con cuchilladas, mejor dicho, roturas por donde se le veían las carnes. Su gorra informe tenía por cintillo una cuerda de esparto, y otra prenda del mismo jaez le apretaba la cintura para que no se le cayesen los gregüescos.

—¿No tienes frío? —le preguntó compadecida la señorita.

—No tal —replicó el otro saltando un gran trecho; y se puso a dar vueltas de carnero tan repetidas y con tanta presteza, que mareaba verle.

Tanta gracia y ligereza excitaron más la compasión de Diana, y siguiéndole por un callejón sombrío y tortuoso, le dijo:

—Mayor recompensa de la que te ofrecí te daré, si te portas bien conmigo. ¿Cómo te llamas?

—Celín, para servirte.

—¿Tienes padre?

—Sí; pero no está aquí.

—¿Dónde?

Celín, dando un gran brinco, señaló a una estrella.

—¡Ah! eres huérfano. ¿De qué vives? ¿Pides limosna? ¡Pobrecito! ¿Y quién te ampara? ¿Dónde vives? ¿Dónde duermes?

Celín contestó dando brincos mayores, y Diana admiraba la extraordinaria agilidad del muchacho, que al levantar los pies del suelo, brincaba hasta alturas increíbles.

—Chiquillo, pareces un pájaro... Cuéntame, ¿de qué vives tú? ¿Tienes hambre? Si pasáramos por una tienda te compraría pasteles... ¿Acaso vives tú, como otros niños vagabundos, de merodear en los mercados y de desbalijar a los caminantes? Eso es muy malo, Celín... Si yo no fuera adonde voy, te protegería... A propósito: después que me lleves al Buen Fin, me llevarás al río Alcana. ¿Sabes dónde está hoy?

—El río estaba aquí esta tarde, pero se pasó ya a la otra banda. Le vi correr, levantándose las aguas para no tropezar en las piedras y echando espumas por el aire. Iba furioso, y de paso se tragó dos molinos y arrancó tres haciendas llevándoselas por delante con árboles y todo.

—¡Huy, qué miedo! Iremos luego al río. Yo tengo confianza en ti, pues aunque me pareces alborotado, eres simpático y complaciente con las damas.

Y aquí es preciso repetir la explicación que se dio referente a la ciudad. El río Alcana variaba de curso cuando le parecía. Unas veces corría por el Este, otras por el Oeste; mas la misteriosa ley determinante de su curso vagabundo le imponía la obligación de no inundar nunca la ciudad. Como depositaba en su cauce un sin número de arenas de oro, la variación era utilísima a los turriotas, y muchos se dedicaban a cosechar el valioso metal. Últimamente se formó una gran suciedad por acciones para la explotación de aquella riqueza. Los cambios de curso se anunciaban con hondos murmullos del agua, que parecían salmodia entonada por las invisibles ninfas del río, y desde que soltaba aquella música, los ribereños se preparaban, retirando sus ganados de las peligrosas orillas. En ocasiones, alejábase hasta una y dos leguas de la ciudad; otras se acercaba tanto, que lamía los muros de la Inquisición y de la Fábrica de tabacos, o se rascaba en los duros sillares del palacio de Pioz. Llevábase muy a menudo los corpulentos árboles que poblaban sus orillas, y se veían hermosas masas de verdura corriendo al través de los campos.

Los chicos juguetones se montaban en las ramas nadantes y navegaban en ellas de una parte a otra. En cambio, las naves que surcaban el río, las potentes galeras de Indias, cargadas de plata, se quedaban en seco, con las hélices enterradas en fango, y era forzoso esperar a que el río volviera a pasar por allí. También solía acarrear el Alcana, de remotos confines, plantas rarísimas, desconocidas de los turriotas, y animales exóticos, y aun viviendas con hombres de razas muy diferentes de la nuestra en lengua, y color. Los peces le seguían siempre en sus caprichosas mudanzas, y desde que se percibían los primeros acentos de aquel canto de las ninfas acuáticas, se reunían en grandes caravanas con sus jefes a la cabeza, y tomaban el portante antes que mermase el caudal de aguas.

Capítulo IV. De la visita de Diana y Celín hicieron a la capilla del Espíritu Santo

Ya llegaron la niña de Pioz y su guía a Nuestra Señora del Buen Fin. La puerta principal estaba cerrada. Las esculturas de ella dormían beatíficamente en sus nichos, la cabeza inclinada sobre el hombro. Por indicación del rapaz, dieron la vuelta, tropezando en el desigual piso, hasta acertar con una rinconada donde se veía claridad. Era el postigo de la sacristía. Celín delante, la señorita detrás, entraron, y el chicuelo guiaba mostrándose conocedor de los rincones del edificio. Como llegaran a un sitio oscuro, sacó Celín del seno su caja de cerillas y encendió una contra la pared, para alumbrar el tránsito. Cuando había que bajar dos o tres escalones, alargaba la mano con galantería para que la señorita se apoyase.

Penetraron en una pieza abovedada y rectangular, mal alumbrada por un candilón cuya llama ahumaba la pared. Por un agujero del techo aparecían varias sogas, cuya punta tocaba al suelo. En este había un ruedo y sobre él un hombre sentado a la turquesca, y entre sus piernas montones de castañas y dos botellas de aguardiente. Era el campanero, maese Kurda, y estaba profundamente dormido, la barba pegada al pecho, dando unos ronquidos que parecían truenos subterráneos. De rato en rato, sin salir de su sopor, conservando los ojos cerrados y la respiración de perfecto durmiente, estiraba el tal los brazos, y agarrando las cuerdas hacía un esfuerzo, cual si quisiera colgarse de ellas. Sonaban allá arriba las campanas con estruendo terrorífico y vibraba todo el edificio como si fuera de metal, mientras se desvanecían y alargaban en el aire las hondas del sonido. Luego, maese Kurda sepultaba nuevamente la barba en el pecho y seguía roncando, hasta transcurrir el tiempo exacto entre un doble y otro.

Celín hizo provisión de castañas, metiéndose por las cuchilladas de su jubón todas las que cupieron, y enseguida indicó a la señorita la puerta que a la iglesia conducía. No tardaron en encontrarse en la nave principal, y respetuosamente pasaron a la capilla del Espíritu Santo. La primera impresión de Diana fue miedo de verse entre tantísimo sepulcro. Descollaba la estatua yacente del Gran Maestre de Pioz, terror de los turcos, y había más allá otra imagen marmórea, barbuda y en pie, mirando terroríficamente con sus ojos sin niñas a todo cristiano que osaba entrar allí. Los sepulcros de los Polvorancas tenían el emblema de la casa, que era un reloj de arena, y en las tumbas de los Pioces campeaba la paloma tutelar de la estirpe. Alumbraban la capilla los cirios encendidos junto a la sepultura de don Galaor. Casi todos estaban ya en lo último del cabo, y sus pábilos negros se enroscaban como lenguas de la llama bostezante, mientras el lagrimeo de la cera derretida escurría por los blandones abajo, goteando sobre el suelo.

Diana se sintió sobrecogida de respeto y religioso pavor. Sobre la tierra, aún no sentada, que cubría los restos de su novio, yacían las coronas que adornaron el féretro. Leyó las cintas con doradas letras que decían: «¡La oficialidad del tercio de Sicilia a su noble compañero...!». Otra: «El Ateneo científico, literario y litúrgico, etc.». Las flores naturales dedicadas por ella se habían ajado ya, y las de trapo exhalaban ingrato aroma de tintes industriales.

Sintió la joven, al arrodillarse, brusco impulso hacia la tierra, como si brazos invisibles desde ella la llamasen y atrajesen. Cayó, boquita abajo; besó el suelo, y aquí dice el ingenioso cronista que siendo la sepultura de secano, ella la hizo de regadío con el caudal fontanero de sus lágrimas. La idea de la muerte se afirmó entonces en su alma, a la manera de una voluptuosidad embriagadora. Ofreciose a su espíritu la muerte, sucesivamente, en las dos formas eternas. Figurábase primero estar en esencia al lado de su amante, los brazos enlazados con los brazos, las caras juntitas. Pero no podía imaginar esta situación prescindiendo del bulto corpóreo. Sería su cuerpo todo lo sutil e impalpable que se quisiera; pero cuerpo tenía que ser, aunque con solo medio adarme de materialidad, pues sin este no podía verificarse el abrazo ni la sensación mutua y recíproca de estar juntos.

La otra forma ideal de muerte consistía en suponerse toda huesos debajo de aquella tierra; el esqueleto de su amante desbaratado y confundido con el de ella, de modo que no se pudiese decir: «este huesito es mío y esto tuyo». Revueltas de este modo las piezas, se realizaba mejor el anhelo amoroso de ser los dos uno solo. Los cráneos eran lo único que conservaba personalidad distinta, tocándose los frontales y la mandíbula inferior. Pero esta confusión de huesos no podía la joven concebirla sino admitiendo que los tales huesos debían de tener conciencia de sí mismos, que los cráneos se reconocían pensantes, y que todas las demás piezas óseas, bien barajadas, habían de experimentar la sensación del roce de unas con otras, pues si tal conciencia y sensación no existiesen, la común sepultura no tenía gracia. Estas ideas, sucediéndose con rapidez en su mente, le produjeron vértigo, el cual vino a parar en desesperación... ¡Qué no pudiera ella resucitar al que bajo aquella tierra estaba, darle vida con sus lágrimas y su aliento! Expresaba esta infantil desesperación hiriendo el suelo con las puntas de los pies (no se olvide que estaba boca abajo), y también clavó los dedos en la tierra blanda como queriendo revolverla. El cronista dice que consideraba a la tierra como a una rival y le arañaba el rostro. Mientras esto pasaba, no se oían en el triste panteón más rumores que el de los suspiros de Diana y el que producía Celín descascarando las castañas para comérselas. Estaba sentado en el escalón del altar, de espaldas a este, mostrando soberana indiferencia hacia cuanto le rodeaba.

La inconsolable se levantó decidida a abreviar el tiempo que la separaba de la muerte.

—Chiquillo: ahora al río —dijo secándose el de sus lágrimas; y salieron por donde habían entrado, cruzando junto al dormido campanero, que tocó cuando pasaban. Al encontrarse en la calle, Diana dijo a su guía:

—Celín, si te portas bien te daré más, mucho más de lo prometido. No has de decir a nadie que me has visto, ni que hemos ido al río, ni tienes que meterte en que yo haga esto o lo otro». Respondió el chico que el Alcana estaba un poquito lejos, y guió por torcida calle, en la cual había una imagen alumbrada por macilento farol. Pasaron por junto al cuartel de la Santa Hermandad, establecido en el desamortizado convento del Buen Fin. En la puerta estaba de centinela un cuadrillero con tricornio y capote. Dejaron atrás la Casa de locos y un barrio de gitanos. Costeando luego la inmensa mole de la Casa de los Jesuitas, rodeada de sombras, entraron en una plaza enorme con muchísimas horcas, de las cuales pendían los ajusticiados de aquel día. Eran salteadores de caminos, periodistas que habían hablado mal del Gobierno, un judaizante, un brujo y un cajero de fondos municipales, autor de varios chanchullos. Apretaron el paso, y al salir a un lugar más abierto, entre campo y ciudad, notó Diana que la oscuridad menguaba.

—Pero qué, ¿ya viene el día? —dijo a su compañero—. Apresurémonos, hijo, que esto debe concluir antes que amanezca.

Entonces se fijó en Celín, creyendo advertir que su simpático amigo era menos chico que cuando le tomó por guía.

—O es que la claridad agranda los objetos, o tú, Celinillo, has crecido. Cuando te encontré, tu cabeza no me pasaba de la cintura, y ahora, ahora... Acércate. ¡Jesús, que cosa tan rara!... ¡Qué estirón has dado, hijo! Si casi casi me llegas al hombro.

Celín se reía. Como aumentaba la claridad, Diana creyó observar en las pupilas de su guía algo penetrante y profundo que no es propio del mirar de los niños. Eran sus ojos negros y de expresión jovial; pero cuando se ponían serios, Diana no podía menos de humillar ante ellos su mirada.

De repente, Celín se restregó sus heladas manos, y recurriendo a la gimnasia para entrar en calor, dio un sin fin de volteretas con agilidad pasmosa. A pesar del estado de su espíritu, la niña de Pioz se echó a reír. Celín se le puso delante, y con picaresco acento le dijo:

—Sé volar.

Para probarlo agitó los brazos y fue de una parte a otra con increíble presteza. Diana no podía apreciar la razón física de aquel fenómeno, y atónita contempló las rápidas curvas que Celín describía, ya rastreando el suelo, ya elevándose hasta mayor altura que las puertas de las casas; tan pronto se deslizaba por un petril ornado de macetas, como se dejaba caer de considerable altura, subiendo luego por un poste telegráfico y saltando desde la punta de él a un balcón próximo, para deslizarse hacia el suelo, rozando su cuerpo con un farol.

—No te canses, hijo; ya veo que vuelas —gritó la señorita corriendo hacia él, porque con aquellos brincos fenomenales, Celín se había puesto a considerable distancia.

Avanzaron más, y hallándose junto a unas tapias rojizas que eran las de los corrales de la Plaza de toros, Celín se paró y dijo:

—¿Oyes, oyes? es el río.

—Pero qué, ¿viene hacia acá?

—No; está aquí desde ayer. A la vuelta de esta tapia lo veremos.

—Corramos —dijo la señorita impaciente—. Esto debe concluir pronto. Cuidado, hijo, como das cuenta a nadie de lo que me veas hacer.

Capítulo V. Refiérense las increíbles travesuras de Celín, y cómo fueron él y la inconsolable en seguimiento del río Alcana

Y corrieron tanto, que Diana, fatigada, se detuvo junto a un grueso pilar de sillería. Hallábanse bajo el viaducto del ferrocarril, y pronto, a la luz del naciente día, vieron la fila de pilares y encima el inmenso tubo de hierro por donde el tren pasaba. Diana no podía respirar y tuvo que sentarse; Celín permaneció en pie. Oyose un ruido lejano y sordo que crecía a cada instante. Era el tren que se aproximaba silbando, y embestía el viaducto como un toro. Oyeron sus pisadas y el rumor de su resuello. Cuando penetró en la inmensa viga metálica, parecía que el mundo se venía abajo.

—Esto me da miedo, Celín —dijo la señorita apartándose sobresaltada—. ¡Si esto se cae y nos coge debajo...!

Y luego que el tren pasó, hablaron un instante de cosas completamente extrañas al motivo de aquella insensata correría de la marquesita de Pioz.

—Este es el tren de recreo —dijo Celín recostándose junto a ella—. Dentro de media hora viene otro, y después otro, y el correo y el expreso. Mucha gente, muchísima, con billete de ida y vuelta, para ver el auto de fe de mañana.

—Sí, he oído que solo de la parte de Utopía vendrán más de ocho mil personas; todo para ver un auto, y los Toros que habrá después. Por bonito que sea un auto, no comprendo que se agolpe tanta gente para presenciarlo.

—En el de esta tarde achicharrarán sesenta, entre judíos, blasfemos, sargentos y falsificadores. Y como también hay toros y cucañas, música por las calles, discursos y carreras de tortugas, viene gente y más gente.

—¡Qué tristeza me dan la animación y la alegría de Turris! La suerte mía es que no viviré esta tarde, y así me libro del suplicio de la felicidad ajena. Tú eres un niño y no comprendes esto; tú, inocente y travieso Celín, gozas viendo el tropel de la gente bulliciosa que se agolpa ante las hogueras, y quizá, quizá, lo digo sin ofenderte, vives de los descuidos de la multitud, aligerando bolsillos y distrayendo algún pañuelo o tal vez cosa de más peso. Por eso te gusta el gentío, y que los trenes de Utopía y Trebisonda arrojen a millares los forasteros sobre las calles de Turris... Pero estamos aquí descuidados como dos tontos. Vamos, vamos pronto al río, y cúmplase mi destino.

Ya era día claro. Ligera niebla posaba sobre la tierra, y los términos lejanos no se distinguían bien. Corría un fresquecillo tenue, por lo que Diana, envolviéndose en su manto, avivó el paso. Celín había perdido toda idea de formalidad, y su ratonil inquietud aturdía a la señorita. Cuando pasaba un pájaro, saltaba tras él, y superando en rapidez al ave misma, la cogía, y mostrándola a la señorita la soltaba al instante. Lo mismo hacía con las mariposas y con insectos pequeñitos casi inaccesible a la mirada humana. Diana no había visto nunca cazar de aquella manera. Atravesaron un prado, en el cual se destacaban algunos olmos que aún no habían perdido la hoja, pero la tenían amarilla. A los reflejos del Sol entre la neblina, parecían árboles vestidos de lengüetas de oro. De un brinco se subió Celín al tronco del mayor de ellos y trepó maravillosamente hasta la rama última. Diana le miraba asustada.

—Te vas a matar.

Cayó de golpe, y la señorita, creyendo que se había estrellado, lanzó un grito de terror. Celín se le plantó delante tan risueño como siempre, diciéndole:

—Todavía sé caer de mucho más alto, pero de mucho más.

Dianita le puso la mano sobre la cabeza, mirándole tan sorprendida como antes.

—Celín, me parece que tú has crecido más. ¿Qué es esto?

El muy pillo se reía, y con sus pies desnudos aplastaba las ramitas secas y los espinos, sin hacerse daño.

—Pero qué, ¿tus pies son de bronce? ¿Cómo no te clavas esas tremendas púas...? Y otra cosa noto en ti. ¿Dónde pusiste la gorra? La has perdido, bribón. Dí una cosa. ¿No tenías tú, cuando te encontré, unos gregüescos en mal uso? ¿Cómo es que tienes ahora ese corto faldellín blanco con franja de picos rojos, que te asemeja a las pinturas pompeyanas que hay en el vestíbulo de mi casa y a las figuras pintadas en los vasos del Museo? ¿No tenías tú un juboncete con más agujeros que puntadas? ¿Dónde está? Ahora te veo una tuniquilla flotante que apenas te tapa. ¡Qué brazos tienes tan fuertes! ¡qué musculatura! Vas a ser un buen mozo.

Por entre aquellos cendales veía la joven el bien contorneado pecho del adolescente, de color rosa tostado, signo de la más vigorosa salud. La cabeza de Celín era de una hermosura ideal: la tez morena, por la acción constante del Sol; los ojos expresivos, grandes y luminosos; la boca siempre risueña; la dentadura blanca como la leche y fuerte como el hierro, pues Celín ponía entre ella un mediano palo, y lo partía como si fuera una pajita.

No satisfizo el gracioso chico las dudas de la dama, y la guió por vereda guarnecida de matorrales, hasta que llegaron a divisar el Alcana. Abarcó ella de una ojeada toda la anchura del voluble río, de orilla a orilla, sereno y murmurante. Eran tan claras las aguas, que se veían perfectamente las piedras del fondo, pececillos de varios colores, cangrejos, algas y zoófitos.

—¡Qué poco fondo tiene! —murmuró Diana, llegando hasta tocar con sus pies la corriente—. Aquí no podría ahogarme. Vamos Celín, pareces tonto. Llévame adonde el río sea muy profundo. ¿No sabes que quiero morir, que necesito matarme prontito, y que no es cosa de estar dando pataletas en el agua, y salvándose una cuando menos gana tiene de ello?...

Celín guió hacia otra parte, tomando por entre breñas y ásperas rocas. El camino era penoso, y la inconsolable se fatigó sobremanera.

—¿Tienes hambre? —le dijo Celín de pronto, deteniéndose.

—Francamente, estoy desfallecida. Pero ¿qué importa?... ¡para lo que me queda de vivir! Adelante, hijo.

—Es que yo no me he desayunado.

—Pues estás fresco. No pretenderás que encontremos por aquí un *restaurant*.

—Pero encontraremos moras de zarza.

Sin decir más, trepó por una peña en la cual se enredaba zarza corpulentísima, y desde arriba empezó a dar gritos:

—¡Hay michas y qué ricas! ¿Quieres? Pon el manto, para recoger lo que yo tire.

La señorita no quiso hacerse de rogar, y conforme iban cayendo moras en el manto, las iba comiendo, y en verdad que le sabían a gloria. Eran dulces como la miel. Celín bajó con tanta presteza como había subido, y conduciendo a su compañera por angosta encallada, le dijo:

—¿Quieres probar ahora la fruta del árbol del café con leche?

—Chiquillo, ¿qué disparates estás diciendo ahí?

—¡Qué tonta! ¡y no lo cree! Verás... Nosotros los pilletes, que vivimos como los pájaros, de lo que Dios nos da, tenemos en estos salvajes montes nuestras despensas. Aquí está el árbol del café con leche, que tú no conoces, ni los turriotas tampoco. Sí, para ellos estaba. Miralo allá. Lo trajo el Alcana de una tierra muy distante, y ahí lo dejó cuando se fue de aquí. Da unas bellotas ricas, pero muy ricas.

Era un árbol bastante parecido al roble. Celín trepó a sus ramas, y pronto empezaron a caer bellotas sobre el manto de la marquesita de Pioz. ¡Vaya si eran buenas! y su sabor lo mismito que el del café con leche.

—¡Vamos, Celín, que eres tú de lo más célebre...! ¿Y este árbol no lo conoce nadie más que tú? ¡Ay! si mi papá tuviera noticia de esta encina cafetera, ya habría armado un escándalo en el Senado para que el Gobierno ordenara la propagación de un vegetal tan útil. De veras que esta fruta es de lo más rico que se conoce. Baja, baja ya, y no eches más, que otros infelices habrá que lo aprovechen.

Celín bajó, trayendo ración bastante para almorzar en toda regla. Díjole Dianita que abreviase la marcha, y siguieron ambos saltando por entre breñas y matorrales, él dándole la mano en los pasos difíciles, y ella recogiendo sus faldas en los sitios intrincados y espinosos. La confianza se iba estableciendo entre ambos, hasta el punto de que Celín, olvidando la humildad de su condición ante la ilustre descendiente de los Pioces, se permitía decirle:

—Chica, pareces boba; a todo tienes miedo. Dame la mano y salta sin reparo.

Pasó un aldeano conduciendo dos vacas, y dio con agrado los buenos días a los vagabundos sin sorprenderse de su extraña catadura. Una mujer que pasaba con un cántaro de agua les interpeló de este modo:

—Eh, chicos, que os perdéis. Por ahí no hay salida. ¡Y cómo brinca la moza!

Diana sentía simpatía misteriosa hacia su compañero.

Oye, tontín: no me has dicho quiénes son tus padres.

—Mis padres no están aquí —replicó él sin mirarla.

—¿Pues dónde?

—En ninguna parte del mundo.

—¡Ah! eres huérfano. No tienes a nadie. Ya me explico que estés tan mal de ropa. ¿Y hermanos no tienes tampoco?

—Tampoco. Soy solo.

—¡Solo! (la señorita sintió que su resolución la apretase tanto, pues de lo contrario recomendaría a Celín a su papá para que lo protegiese). Tú eres un salvaje, pero eres listo y... simpático. Si yo pudiera volverme atrás, te protegería; pero no puedo, no hay que hablar de eso... Paréceme que hemos llegado a un sitio muy a propósito. Subamos a esta peña que está sobre el río. ¡Virgen del Carmen, qué hondo es aquí, qué hondo!

—Muy hondo, sí —afirmó el muchacho, inclinando el cuerpo sobre la corriente.

—Bueno, pues queda elegido definitivamente este sitio —dijo la inconsolable quitándose el manto—. Celín, debo ser explícita contigo. Ha salido de mi casa con la inquebrantable resolución de matarme, porque he tenido un disgusto, pero un disgusto muy gordo. No vayas a creerte que es cualquier niñería. De modo que ahora, tú te pones allí, apartadito, y dices: «una, dos, tres», y al decir *tres* y dar la palmada, yo me tiro, y adiós miserable vida humana. Pero cuidado como te entra lástima de mí y te tiras detrás a sacarme... que tú eres muy pillo y te creo capaz de hacer cualquier tontería. Si lo haces, perderemos las amistades... ¡Ah! te dejo mi escarcela con todo el dinero que traigo, para que te compres botas y te vistas como las personas decentes. Otra cosa tengo que encargarte, y es que no se te pase por la cabeza ir a Turris con el cuento de que me he tirado al agua. Tú te callas, y cuando salga mi cuerpo por ahí, lo sabrán. Conque ¿estamos? ¿Te has enterado bien? Ahora, asegúrame que es bastante hondo el río por esta parte; no vaya a resultar que hay poca agua, y todo se reduce una zambullida y a una mojadura que me constipará sin poderme ahogar.

—Pues como hondura, no hay nada que pedir —declaró Celín dentándose tranquilamente—. Aquí había unas grandes canteras de donde se sacó mucho mármol, todo el mármol del coro de la catedral. Cuando viene el río y llena estas cámaras sin fin, los peces tienen ahí una condenada república, y no bajan de cien mil millones de docenas los que hay. Cuando una persona se echa a nadar aquí, o cuando algún pastor de cabras se cae, se lo meriendan los peces en un abrir y cerrar de ojos, y al minuto de caído no queda de él ni una hebra de carne, ni una migaja así de hueso, ni nada.

—¡Ave María purísima, qué miedo! —exclamó la señorita llevándose las manos a la cabeza—. Francamente, yo quiero morir, puedes creérmelo; pero eso de que me coman los peces antes de ahogarme, no me hace maldita gracia. Afortunadamente habrá más abajo un lugar hondo donde una pueda acabar tranquilamente. Llévame, y te prohíbo que digas palabra alguna con el fin de quitarme esta idea de la cabeza. Tú eres un niño y no entiendes de esto. Feliz tú que no conoces la infinita tristeza de la viudez del alma.

Capítulo VI. Prosiguen los retozos juveniles por charcos, praderas y vericuetos

Cuando se pusieron de nuevo en camino, Diana reparó que Celín tenía ligero bozo sobre el labio superior, vello finísimo que aumentaba la gracia y donosura de su rostro adolescente, tirando a varonil. Como observara al propio tiempo que la voz de su guía había mudado, la joven sintió cierto estupor.

—Celín, tú has crecido. No me lo niegues —dijo con sobresalto—. ¿Qué virtud tienes en ti para crecer por horas? Muchas maravillas he visto, pero ninguna como esta. No te achiques, no te achiques. Ya me das por encima del hombro... Si eres casi tan alto como yo... ¿Qué es esto?

—Yo soy así —replicó Celín con gravedad humorística—. Crezco de día y menguo por la noche.

Y también notó Diana que el mancebo había adquirido cierto aplomo en sus modales y andadura, aunque su agilidad y ligereza eran las mismas. Tomaron por una vereda, y entraron en terreno fangoso salpicado de piedras. La niña de Pioz saltaba de una en otra procurando evitar el mojarse los pies. Llegaron por fin a un charco, que comunicaba sus aguas con las del Alcana, y allí sí que no era posible pasar sin ponerse los zapatos perdidos. Celín no le dio tiempo a pensarlo, y sin decir nada intentó llevarla a cuestas.

—Quita ahí —dijo ella—. ¿Cómo vas a poder conmigo? No seas bruto. Busquemos otro camino.

Pero Celín no hizo caso, y quieras que no, la levantó en brazos como si fuera una pluma.

—Vaya, hijo, que tienes una fuerza... No lo creí. Ni siquiera te fatigas. Cuidado que yo peso...

—Te llevaría de esta manera hasta la noche, sin cansarme —afirmó él—. Pesas menos que una caña para mí.

Diana se sentía en los brazos de su acompañante como en un aro de hierro. De este modo anduvo el muchacho con su preciosa carga una buena pieza, metiéndose en el agua hasta las rodillas; y Diana se veía acometida de fuertes ganas de reír cuando las desigualdades del suelo del arroyo obligaban a Celín a hundirse, elevando los brazos para que ni los pies ni el borde del manto de la señorita se mojaran. Al dejarla en tierra, no se conocía en la respiración del misterioso chico la más leve fatiga.

—Vaya que eres fuerte —dijo ella dando un suspiro—. Si yo viviera, que no viviré, y te recomendara a mi papá, podrías ser nuestro palafrenero, y se te pondría una librea con la cual estarías muy majo.

Celín, sin hacer caso de lo que la señorita decía, empezó a coger piedras y a tirarlas con presteza y empuje increíbles en dirección al río. Su brazo era como inflexible honda, y las piedras salían silbando, a manera de balas, perdiéndose de vista.

—Pero ¿qué haces, chiquillo? ¿Apedreas el río? Mira que se enfadará.

Oíase un lejano murmullo del agua, y en el mismo instante empezaron a caer gotas.

—Llueve, Celín, ¿dónde nos metemos? —dijo la damita echándose el manto por la cabeza. Pero el otro, por toda respuesta, tornó a cogerla en brazos y entró con ella en una gruta. Desde allí vieron que el río se alborotaba, encrespando sus aguas. Celín volvió a tirar piedras, y lo que más pasmaba a Diana fue verle coger cantos enormes y dispararlos cual si fueran los tejuelos con que se juega a la rayuela. Cuando aquellos pedruscos caían en la undosa corriente, oíase un mugido profundo exhalado por las aguas, y además un rumor dulce y misterioso como sonido de arpas distantes.

—¿Qué es esto, Celinito?... ¡Ah! me parece que el río se va. Sí, las aguas merman, ¡pero cómo! El cauce se queda seco... Mira, mira... Las aguas corren hacia arriba y las olas se atropellan. Pero tú, ¿por qué tiras piedras? ¡Qué malo eres! Ya ves, lo has espantado, y ahora nos quedaremos sin río. Y emprenda usted ahora otra caminata para ir a buscarle. ¡Pero qué cosas tienes! ¿Crees que estoy yo para perder el tiempo de esta manera?

El río se desecaba rápidamente, mejor dicho, se retiraba inquieto y murmurante a otras regiones. Al llegar a este punto, dice muy serio Gaspar Díez de Turris que aquel enojo de la señorita por la desaparición del Alcana era más bien estratagema de su amor propio que sentimiento sincero y veraz, y que para suponerlo así se apoya en documentos irrecusables encontrados en el archivo de la casa de Pioz. Después cuenta que como continuase lloviendo, el travieso Celín salió de la cueva y empezó a arrojar piedras contra el cielo. Era cosa de ver cómo los proyectiles herían las nubes, perdiéndose en ellas.

—¡Oh! chico, ¿también tiras al cielo? —le dijo Diana asustadísima—. Eso es pecado. Al cielo no, al cielo no.

Y entonces se verificó el más grande prodigio de aquella prodigiosa jornada, a saber, que las nubes, heridas por las piedras, corrieron presurosas, y pronto se despejó el firmamento. Diana miraba las nubes empujándose unas a otras, como las reses de un rebaño a quienes el pánico hace correr a la desbandada. El Sol inundó entonces con sus rayos picantes toda la comarca, y cielo y tierra sonrieron. La joven y Celín pudieron andar por lo que un rato antes era lecho del río, sorteando los charcos; que habían quedado aquí y allí. Como el Sol picaba bastante, a Diana le daba calor el manto y se lo quitó, entregándolo a Celín para que se lo llevase. Y cuando se vio libre de aquel estorbo, sintió infantil deseo de saltar y agitarse. La risa le retozaba en los labios. Sus ideas habían variado, determinándose en ella algo que lo mismo podría ser consuelo que olvido. Lo pasado se alojaba, lo presente adquiría a sus ojos formas placenteras, y había perdido la noción del tiempo transcurrido y del momento u ocasión en que lo presente sucedía. Después de dar muchos brincos de peña en peña, apoyada en la firme mano de su guía, le entró a la niña un caprichoso anhelo de descalzarse para meter los pies en el agua. Ni ella misma podía decir en qué punto y hora lo hizo; pero ello es que zapatos y medias desaparecieron, y Dianita gozaba extraordinariamente agitando con su blanco y lindísimo pie el agitando con su blanco y lindísimo pie el agua de los charcos, en alguno de los cuales había pececillos de todos colores, abandonados por sus padres, crustáceos y caracoles monísimos. Las arenas de oro se mezclaban con el limo blando y verde, y en algunos sitios brillaban al Sol como polvo luminoso. También vieron y admiraron ejemplares peregrinos de la flora acuática.

Todo era motivo de algazara y risa para la saltona y vivaracha señorita de Pioz, que de cuando en cuando se acordaba de su propósito de matarse, como de un sueño, y su orgullo rezongaba entonces como una fiera que se ladea durmiendo, y decía:

—Sí, me mataré. Quedamos en que me mataría, y no me vuelvo atrás. Pero hay tiempo para todo.

Llegaron de esta manera a la otra orilla del vacío cauce, y para subir a la ribera, Celín se agarró a la rama de un sauce, y cogiendo a la señorita con un solo brazo, la suspendió en el aire y trepó con ella hasta ponerla sobre el verde ribazo. De allí pasaron a un campo hermosísimo, cubierto de menudo césped y salpicado de olorosas hierbas. Bandadas de mariposas volaban trazando graciosas curvas en el aire. Celín las cogía a puñados y las volvía a soltar soplando tras ellas para que volasen más aprisa. La agilidad del gallardo mancebo, la misma de antes, aunque su cuerpo era mucho mayor. Diana no cesaba de admirar la elegancia de sus movimientos varoniles y las airosas líneas de aquel cuerpo, en el cual la poca ropa, rayana en desnudez, no excluía la decencia. La marquesita había visto algo semejante en el Museo de Turris, y Celín le inspiraba la admiración pura y casta de las obras maestras del Arte.

De repente ¡ay! saltó una liebre, y más pronto que la vista brincó Celín tras ella, la agarró por una pata, y suspendiéndola en el aire para mostrarla a su amiga, le aplicó en el hocico ligera bofetada y la soltó. Diana palmoteaba viéndola correr precipitada y temerosa. No recordaba la joven haber respirado nunca un aire tan balsámico y puro, tan grato a los pulmones, tan estimulante de la vida y de la alegría y paz del espíritu. De repente notó increíble novedad en su atavío. Recordaba haberse quitado botas y medias; pero su chaquetilla de terciopelo con pieles, ¿cuándo se la había quitado? ¿dónde estaba?

—Celín, ¿qué has hecho de mi manto?

La señorita se vio el cuerpo ceñido con jubón ligero, los brazos al aire, la garganta *idem per idem*. Lo más particular era que no sentía frío. Su falda se había acortado.

—Mira, hijo, mira: estoy como las pastoras pintadas en los abanicos. ¡Es gracioso! ¿Y cómo me he puesto así? La verdad es que no comprendo cómo usa botas la gente ilustrada. ¡Qué tonta es la gente ilustrada, Celín! ¡Cuán agradable es posar el pie sobre la hierba fresca! Y allá, en Turris, usamos tanto faralá inútil, tanto trapo que sofoca, además de desfigurar el cuerpo. Avisa cuando veas una fuente para mirarme en ella. Quiero ver cómo estoy así, aunque desde luego se me figura que estaré bien, mejor que con las disparatadas invenciones de las modistas de Turris.

Dicho esto, se lanzó en alegre carrerita tras de Celín, quien corría como el viento. ¡Qué le había de alcanzar! Pero él, cuando la veía fatigada, se dejaba coger, y enlazados de las manos proseguían su camino. Lo más particular era que Dianita sentía su corazón lleno de inocencia, y no le pasó por la cabeza que era inconveniente mostrar parte de su bella pierna a los ojos de su amigo. El recato se conservaba entero o inmaculado en medio de aquellos retozos inocentes, antes condenados por la civilización que por la Naturaleza. Celín arrancó de un matorral dos o tres cañitas, y poniéndoselas en la boca, empezó a tocar una música tan linda, pero tan linda y animada, que a Diana le entraron ganas de bailar, y antes de que las ganas se trocaran en vivo deseo, los pies bailaron solos. Y la danza aquella se compuso, según afirma el cronista, de los vaivenes más gallardos que podría idear la honestidad.

Después del baile, dijo Celín:

—Tengo hambre. ¿Y tú?

—Yo, tal cual. Pero ¿dónde encontraremos aquí qué comer? Por aquí no hay nada.

—¿Que no? Verás. Cerca de aquí debe estar el árbol de los pollos asados. Diana soltó una carcajada.

—¿Te ríes? ¡Qué tonta! Es una planta parecida a la que da los melones. La trajo también el Alcana, y la dejó aquí. Yo solo la he descubierto, y no lo digo a nadie, porque vendrían los hosteleros de Turris y se llevarían toda la fruta.

Y metiéndose por entre el espeso ramaje, volvió al instante con uno al parecer melón. Partiolo sin trabajo. Dentro tenía una pulpa blanquecina, que Diana extrajo con los dedos para probarla. ¡Caso más raro! Era lo mismo que pechuga de pollo fiambre. ¡Qué cosa tan rica! Ambos comieron y se hartaron, bebiendo después agua cristalina en una fuente próxima. La señorita daba de beber a Celín en el hueco de su mano, como es uso y costumbre de los idilios inocentes.

Capítulo VII. Donde se narra lo que verá el que leyere, y el que no, no

Atravesaron una carretera muy bien cuidada por donde iba mucha gente en dirección a Turris: aldeanos con sus hatos a la espalda, gente acomodada, en carricoches o en borriquillos, mendigos de ambos sexos. Unos saludaban a la gentil pareja, otros no. Pero todos la miraban sin asombro, señal de que nada encontraban en ella digno de atención o comentario. Todo aquel gentío iba a gozar las fiestas de la ciudad, y pasaban también diligencias atestadas de viajeros alegres que cantaban y reían; el tren silbaba a lo lejos. En las primeras casas de una aldea próxima vieron enormes carteles fijados por las empresas de ferrocarriles. Celín y Diana se pararon a leerlos, ella apoyada en el hombro del mancebo, él marcando las letras con una ramita que en la mano llevaba. Decían así: «Espléndidos Autos de fe en Turris, los días 2 y 5 brumario. Sesenta víctimas a la parrilla. Toros el 3, de la ganadería de Polvoranca. Congreso de la *Sociedad de la Continencia*. Juegos Florales. Torneo. Velada con Manifiesto en el Ateneo. Regatas. Iluminación y Tinieblas. Gran Rosario de la Aurora, con antorchas, por las principales calles, etc., etc.».

La lectura del cartel, despertando en la mente de la niña de Pioz algunas de las ideas dormidas, produjo en ella cierta perplejidad. Parecía que la realidad del pasado la reclamaba, disputando su alma a la sugestión de aquel anómalo estado presente. Pero esto no fue más que una vacilación momentánea, algo como un resplandor prontamente extinguido, o más bien como el sentimiento fugaz de una vida anterior que relampaguea en nosotros en ciertas ocasiones. El olvido recobró pronto su imperio de tal modo, que Diana no se acordaba de haber usado nunca zapatos.

Dejando la carretera y la aldea, penetraron en un bosque, y por allí también encontraron aldeanas y pastores que les saludaban con esa cordialidad candorosa de la gente campesina. Las vacas mugían al verles pasar, alargando el hocico húmedo y mirándoles con familiar cariño. Las ovejas se enracimaban en torno a ellos no permitiéndoles andar, y los pajarillos se arremolinaban sobre sus cabezas girando y piando sin tregua. Pero lo que más saca de quicio al cronista, haciéndole prorrumpir en exclamaciones de admiración, fue que un cerdito chico de pelo blanco y rosada piel vino corriendo a ponérseles delante, en dos patas; hizo con el hocico y las patas delanteras unas monadas muy graciosas, y después marchó delante de ellos parándose a cada instante a repetir sus gracias.

Diana sentía una alegría loca. A veces corría tras de Celín hasta fatigarse, a veces se sentaban ambos sobre la hierba junto a un arroyo, a ver correr el agua. Pasaba el tiempo. La tarde caía lentamente; por fin Diana se sintió fatigada, y los párpados se le cerraban con dulce sopor. Celín la cogió en brazos y subió con ella a un árbol. ¡Pero que árbol tan grande! Blandamente adormecida, Diana experimentó la sensación extraña de que los brazos de Celín eran como alas de suavísimas plumas. Sin duda su compañero tenía otros brazos para trepar por el árbol, pues si no, no podía explicarse aquel subir rápido y seguro. Respecto al tiempo, a Diana le parecía que la ascensión duraba horas, horas, horas... Sentía calor dulce y un bienestar inefable. Por fin parecía que llegaban a una rama que debía de estar a enorme distancia del suelo, a una altura cien veces mayor que las más elevadas torres. Con sus ojos entreabiertos y dormilones, pudo apreciar Diana que aquello era como un gran nido. Un hueco en el ramaje, el piso muy sólido, las paredes de apretado y tibio follaje. El cielo no se veía por ningún resquicio. Todo era hojas, hojas y un techo de pimpollos, apretados y olientes. Celín no la soltaba de sus brazos, alas o lo que fueran, y cuando los ojos de la inconsolable se cerraron, sus oídos conservaron por bastante tiempo un rumor de arrullo como el de las palomas.

Durmiose profundamente y, cosa inaudita, el sueño le llevó a la olvidada realidad de la vida anterior. Díez de Turris dice que en este pasaje no responde de la seguridad de su cerebro para la ideación, ni que funcionaran regularmente los nervios que transmiten la idea a los aparatos destinados a expresarla; ¡tan extraño es lo que refiere! Soñó, pues, la dama que estaba con dos o tres amiguitas suyas en la tribuna del Senado, oyendo a su papá pronunciar un gran discurso en apoyo de la proposición para *el encauzamiento y disciplina del río Alcana*. El marqués pintaba con sentido acento los perjuicios que ocasionaba a la gran Turris el tener un río tan informal, y proponía que se le amarrase con gruesas cadenas o que se le aprisionase en un tubo de palastro. El sueño de Diana era de esos que por la intensidad de las impresiones y la viveza del colorido imitan la pura realidad. Veía perfectamente en los verdes escaños a los senadores amigos, los maceros, la mesa. Y el marqués de Pioz, obeso y apoplético, dando puñetazos en el pupitre, forzaba su persuasiva oratoria para convencer al Senado, y la enorme coleta de su peluca marcaba las inflexiones del discurso, la puntuación, y el subrayado y hasta las faltas de gramática con fidelidad maravillosa. El Presidente se había quedado dormido; algunos senadores de la clase episcopal habíanse entregado también al buen Morfeo, con la mitra calada hasta los ojos; y otros, que vestían armadura completa, hacían con el frecuente mover de los brazos impacientes un ruido de quincalla que distraía al orador. A ratos entraban los porteros y despabilaban todas las luces, que eran gruesos cirios colocados en blandones. La voz vibrante del marqués sonaba como envuelta en murmullo suave, algo como el rorró de una paloma; y en las breves pausas del orador, aquel rorró crecía de un modo terrorífico, y el Presidente, sin abrir los ojos, extendía con pereza su brazo hacia la campanilla como para decir: «orden». Diana experimentaba fastidio mortal, un fastidio al cual se asociaba la idea de que hacía tres años que su papá había empezado a hablar. Contó Diana los vasos de agua con azucarillos que trajo un paje, y eran *quinientos veintiocho*, cifra exacta. De repente el marqués pide que se le den tres semanas de descanso, y nadie contesta, y aparece en medio del salón el cerdito aquel que hacía piruetas, y todos los senadores, incluso los obispos, se sueltan a reír... Diana despertó riendo también. Hallose tendida en el hueco de espesa verdura. Celín dormía a su lado, enlazándola con sus brazos.

Entonces reapareció súbitamente en el alma de Diana la conciencia de su ser permanente, y se sobrecogió de verse allí. La estatura de Celín superaba proporcionadamente a la de la joven. El mancebo abrió los ojos, que fulguraban como estrellas, y la contempló con cariñoso arrobamiento. Al verse de tal modo contemplada, sintió Diana que renacía en su espíritu, no el pudor natural, pues este no lo había perdido, sino el social hijo de la educación y del superabundante uso de la ropa que la cultura impone. Al notarse descalza, sin más atavío que el rústico faldellín, desnudos hasta el hombro los torneados brazos, vergüenza indecible la sobrecogió, y se hizo un ovillo, intentando en vano encerrar dentro de tan poca tela su cuerpo todo.

La hermosura y arrogancia de su compañero dejaron de ofrecerse a sus ojos revestidas de artística inocencia, y la cuasi desnudez de ambos le infundió pánico. La decencia, en lo que tiene de ley de civilización y de ley de naturaleza, alzose entre Celín y la señorita de Pioz, que aterrada de la fascinación que su amigo lo producía, no quería mirarle; mas la misma voluntad de no verle la impulsaba a fijar en él sus ojos, y el verle era espanto y recreo de su alma.

En esto Celín la estrechó más, y ella, cerrando los ojos, se reconoció transfigurada. Nunca había sentido lo que entonces sintiera, y comprendió que era gran tontería dar por acabado el mundo, porque faltase de él don Galaor de Polvoranca. Comprendió que la vida es grande, y admirose de ver los nuevos horizontes que se abrían a su ser. Celín dijo algo que ella no comprendió del todo. Eran palabras inspiradas en la eterna sabiduría, cláusulas cariñosas y profundas con ribetes de sentimiento bíblico. «Yo soy la vida, el amor honesto y fecundo, la fe y el deber...». Pero Diana estaba turbadísima, y con terror le contestó:

—Déjame, Celín. Me has engañado. Tú eres un hombre.

Y al decir esto, ambos vacilaron sobre las ramas y cayeron horadando el follaje verde. Los pájaros que en aquella espesura dormían huyeron espantados, y la abrazada pareja destrozaba, en su veloz caída, nidos de aves grandes y chicas. Las ramas débiles se tronchaban, doblándose otras sin hacerles daño y la masa de verdura se abría para darles paso, como tela inmensa rasgada por un cuchillo. La velocidad crecía, y no acababa de caer, porque la altura del árbol era mayor que la de las torres y faros; más, muchísimo más. La copa de aquel lindaba con las estrellas. Diana empezó a desvanecerse con la rapidez vertiginosa, y al caer a tierra... plaf, ambos cuerpos se estrellaron rebotando en cincuenta mil pedazos.

Al llegar aquí, Gaspar Díez de Turris suelta la pluma y se sujeta la cabeza con ambas manos; su cráneo iba a estallar también. En una de las manotadas que el exaltado cronista diera poco antes, derribó al suelo con estrépito media docena de botellas vacías que en su revuelta mesa estaban. El chasquido del vidrio al saltar en pedazos le sugirió sin duda la idea de que los cuerpos de Celín y Diana habían rebotado en cascos menudos como los botijos que se caen de un balcón a la calle. Luego se serenó un poco el gran historiógrafo y pudo concebir lo que sigue:

Diana despertó en su lecho y en su propia alcoba del palacio de Pioz, a punto que amanecía. Dio un grito, y se reconoció despierta y viva, reconociendo también con lentitud su estancia, y todos los objetos en ella contenidos. Parece que aquí debía terminar lo maravilloso que en esta Crónica tanto abunda; pero no es así, porque la señorita Diana se incorporó en el lecho, dudando si fue sueño y mentira el encuentro de Celín, el árbol y la caída, o lo eran aquel despertar, su alcoba y el palacio de Pioz. Por fin vino a entender que estaba en la realidad, aunque la desconcertó un poco el escuchar un rumorcillo semejante al arrullo de las palomas. Mira en torno, y ve un gran pichón que, levantando el vuelo, aletea contra el techo y las paredes.

—Celín, Celín —grita la inconsolable obedeciendo a la inspiración antes que al conocimiento. Y el pichón se le posa en el hombro y le dice:

—¿No me reconoces? Soy el Espíritu Santo, tutelar de tu casa, que me encarné en la forma del gracioso Celín, para enseñarte, con la parábola de Mis edades y con la con contemplación de la Naturaleza, a amar la vida y a desechar el espiritualismo insubstancial que te arrastraba al suicidio. He limpiado tu alma de pensamientos falsos, frívolamente lúgubres, como antojos de niña romántica que juega a los sepulcritos. Vive, ¡oh Diana! y el amor honesto y fecundo te deparará la felicidad que aún no conoces. Estáis en el mundo los humanos para gozar con prudente medida de ll poquito bueno que hemos puesto en él, como proyección o sombra de nuestro Ser. Vive todo lo que puedas, cuida tu salud; cásate, que Yo te inspiraré la elección de un buen marido; ten muchos hijos; haz todo el bien que puedas, y tiempo tendrás de morirte en paz y entrar en Nuestro reino. Adiós, hija mía; tengo mucho que hacer. Sé buena y quiéreme siempre.

Diole por fin dos tiernos picotazos en la mejilla, y salió como una bala, horadando la pared de la estancia en su rápido vuelo.

Madrid. Noviembre de 1887.

Theros

I

El tren partió de la estación, machacando con sus patas de hierro las placas giratorias, como si gustara de expresar con el ruido la alegría que le posee al verse libre. Echaba sin interrupción y a compás bocanadas de humo, como los chicos cuando fuman su primer cigarro, y al mismo tiempo repartía a uno y a otro lado salivazos de vapor, asemejándose a un jactancioso perdonavidas o a demonio travieso. Ni siquiera volvía la cabeza para saludar a los empleados de la línea, ni a las señoras y caballeros que poblaban el andén. Descortés y sin otro afán que perderse de vista, dejó atrás los almacenes, los muelles y oficinas de la pequeña velocidad, el cocherón, los talleres, la casilla del guarda agujas, y se deslizó por la Cortadura, un brazo de tierra cuya mano tiene la misión de asir a Cádiz para que no se lo lleven las olas.

Corriendo por allí, veíamos el mar de Levante, las turbulentas aguas y el nebuloso horizonte, que bien podríamos llamar el campo de Trafalgar, veíamos por otro lado la bahía, en cuya margen se asientan sonriendo alegres ciudades y villas; veíamos también a Cádiz, que daba vueltas lentamente cual fatigada bolera, y tan pronto se nos presentaba por la derecha como por la izquierda.

Después, el tren pisó las charcas salobres de la Isla, abriéndose paso por entre montes de sal. Franqueó los famosos caños en cuyos bordes España y Francia han dirimido sus últimas contiendas; cruzó las célebres aguas en que flotó el manto del último rey de los godos, y se dirigió tierra adentro avivando el anhelante paso. Llevábale sin duda tan aprisa el exquisito olor de las jerezanas bodegas, que más cerca estaban a cada minuto, y por último, la inquieta maquinaria dio resoplidos estrepitosos, husmeó el aire, cual si quisiera oler el zumo almacenado entre las cercanas paredes, y se detuvo.

Estábamos en la más colosal taberna que han visto los siglos, llena de lo más fino, delicado y corroborante que en materia de néctares existe. Al llegar a aquel punto del globo, ningún viajero puede permanecer indiferente. Ve un glorioso campo de batalla sembrado de despojos, los mutilados miembros de la sobriedad vencida y destrozada por su formidable enemigo. El triunfo de este es completo. Su insolente orgullo ha poblado de emblemáticos trofeos el campo. Millones de vides coronan de verdes pámpanos la tierra. Toneles hacinados se alzan en pilas, o ruedan como borrachos que han perdido la cabeza. Todo es bulla, animación, mareo.

No se puede resistir a la tentación del hijo de Noe. Es del color del oro y tiene el sabor de la lisonja. Beberlo es tragarse un rayo de Sol. Es el jugo absoluto de la vida, que lleva en sus luminosas partículas fuerza, ingenio, alegría, actividad. Su delicado aroma se parece a un presentimiento feliz; su gusto estimula la conciencia corporal. Engaña al tiempo, borra los años y aligera las cargas que nos hacen doblar el fatigado cuerpo. Lleva en sí un espíritu poderoso que se une al nuestro, y juntos forman una especie de seráfico genio, el cual, si se ensoberbece, puede trocarse en demonio.

Yo fui de los seducidos, y antes de que el tren partiera me llené el cuerpo de rayos de Sol. Poco después admiraba las villas, respetables madres de aquel insigne vencedor de las naciones, cuando sentí que me tocaban el hombro.

Sorprendiome esto, porque me creía solo en el coche; volvime con presteza y,

II

... en efecto, era una mujer; quiero decir, que al volverme vi a una mujer. Al partir de Jerez, hallábame solo en el coche. ¿Cómo, cuándo, por dónde había entrado aquella señora? He aquí un punto difícil de aclarar, mayormente cuando mi cabeza, forzoso es declararlo, no gozaba del beneficio de una perspicacia completa.

«Caballero...

A esta palabra siguieron otras que no pude entender bien. Tengo idea de haber dicho:

«Señora...

Pero no estoy seguro de lo que tras esta palabra balbucieron mis torpes labios, aunque debió ser alguna frase de cortesía.

Es indudable que yo estaba aturdido, no sé en realidad por qué, como no fuera por el maldito zumo de oro que había alojado en mí. Hallábame cortado y absorto, y seguramente contribuiría mucho a esto el aspecto singularísimo y por mí nunca visto de aquella persona.

Causábanme estupefacción indecible su persona y su traje, del cual no podía apartar los asombrados ojos: y en verdad, no es fácil imaginar atavíos más originales. No debía sostenerse que el traje de la dama fuese extravagante, sino que no tenía traje alguno.

Tengo idea de haber dicho a medias palabras, teñida de rubor la cara y apartando los ojos:

«Señora, tenga usted la bondad de vestirse... Eso traje, mejor dicho, esa desnudez no es lo más a propósito para viajar en pleno día dentro de un coche del ferrocarril.

Echose a reír. Era de una hermosura sobrehumana.

Yo recordaba vagamente haberla visto en pintura, no sé dónde, en techos rafaelescos, en cartones, dibujos, quizás en las célebres Horas, en relieves de Thornwaldsen, en alguna región, no sé cuál, poblaba por la imaginación creadora de los dioses del arte.

Nada de cuanto modelaron griegos, ni de cuanto cincelaron florentinos, puede superar a la incomparable estructura de su cuerpo. Su rostro era como el que la tradición artística da a todas las ninfas acuáticas y terrestres, a las diosas que fueron, a las jubiladas matronas simbólicas que durante siglos han representado en doradas techumbres el pensamiento humano. Más perfecta belleza no vi jamás; pero no era fácil contemplarla, porque sus ojos eran pedazos del mismo Sol, que deslumbraban y ofendían quemando la vista, de tal modo que perdería la suya el observador si se obstinaba en mirar sin vidrios ahumados la hermosa imagen. De sus cabellos ni diré si no que me parecieron hilos del más fino oro de Arabia, perfumados de aroma campesino, y que en ellos se entretejían amapolas y espigas en preciosa guirnalda.

Su vestido era, más que tal vestido, una especie de túnica caliginosa, una flotante neblina que la envolvía, ocultando o dejando ver, según las posturas de la dama, esta o la otra parte de su cuerpo. No tenía yo noticia de aquella singularísima manera de presentarse en sociedad, y si he de hablar claro, el atavío de mi noble compañera de viaje pareciome en el primer momento escandalosa y desenvuelto en gran manera. Pero bastaron algunos minutos de observación para formar juicio más favorable. En las divinas formas, en la actitud graciosa y natural de la viajera, así como en sus palabras y ademanes, resplandecían la castidad más perfecta y la más irreprensible decencia.

III

Y eso que la señora, sino era el mismo fuego, lo parecía. Dígolo, porque echaba de su cuerpo un calor tan extraordinario, que desde su misteriosa entrada en el wagón empecé a sudar cual si estuviera en el mismo hogar de la máquina.

—Señora —le dije respetuosamente, limpiando el copioso sudor de mi rostro—, permítame usted que me aleje todo lo posible de su persona, porque, o yo no entiendo de verano, o es usted la misma Canícula en cuerpo y alma.

Sonrió con bondad, y rebuscando en cierto morralillo que a la espalda traía, ofreciome un abanico. Felizmente yo llevaba espejuelos azules con los que pude resguardar mi vista de los flamígeros ojos de la señora. A pesar de estas precauciones, cuando el tren se precipitó por las llanuras de la izquierda del Guadalquivir, la irradiación calorífera de mi compañera aumentó de tal modo, que destrocé el abanico sin poder refrescarme. Las perspectivas, ora interesantes, ora comunes del viaje, aburríanme soberanamente. Los pinos valsaban en mareantes círculos ante mi vista; marchaban en columna cerrada los olivos de Utrera, como ordenados ejércitos que van al combate, sin que estos juegos de óptica, ni el variado espectáculo de las sucesivas estaciones, ni la cercana presencia de Sevilla, que desde el último confín visible nos saludaba con su Giralda, aplacaran mi mal humor.

Sevilla nos vio llegar al fin junto a sus achicharrados muros, que quemaban como calderas puestas al fuego. Reposaba la placentera ciudad bajo mil toldos, adormeciéndose en la fresca umbría de sus patios. Las cien torres, presididas por la veleidosa mujer de bronce que da vueltas, a ciento veintidós varas del suelo, desafiaban al furioso Sol. Cual condenados, cuyo itinerario de expiación ha sido invertido, subían a los infiernos.

No pude contenerme, y dije a la dama:

«Presumo que usted se quedará en esta estación que tan bien cuadra a su temperamento.

—No señor —repuso con la timidez de una novicia—. Voy a Madrid.

Y diciéndolo, se acercó a mí. Creí hallarme de súbito en la proximidad de un incendio, porque no era ya calor, sino llamaradas insoportables, lo que el misterioso cuerpo de la endemoniada ninfa despedía.

—Señora, señora, por amor de Dios —exclamé—. Es muy doloroso para un caballero huir... Es un desaire, una grosería, pero...

Me hubiera arrojado por la ventanilla si la rapidez de la locomoción no me lo impidiese. Felizmente, la misma que tan sin piedad me achicharraba, brindome con refrescos, que sacó no sé de dónde, y esto me hizo más tolerable su platónica respiración y aquel tufo de infierno que de su hermoso cuerpo emanaba.

Íbamos por la alegre comarca que separa las Dos famosas Hermanas andaluzas a orillas del florido río, entre naranjales y olivos, saludando cada dos o tres leguas a un pueblo amigo, tal como Lora, Peñaflor, Palma. Ya cerca de Córdoba, mi sofocación puso a prueba mi paciencia, pues sintiendo que los sesos me burbujaban como si hirvieran, y que mi sangre se iba pareciendo a un metal derretido, tomé la resolución de librarme de la molesta compañera que desde Jerez traía, y al punto, una vez parado el tren, apresureme a poner en ejecución mi pensamiento, dando parte del caso a los empleados de la vía.

No sé por qué se reían de mí aquellos malditos, oyéndome formular mis justas quejas. Podría colegirse que yo me habría expresado en frases incongruentes y desatinadas. Era para reventar de cólera. El mismo jefe de la estación tratome como a un loco cuando le dije:

—Sí señor, sí señor. Va en mi coche una señora que echa fuego por los ojos, y por todo el cuerpo un calor tan vivo que se podrían asar chuletas y freír pescado sobre las palmas de sus manos. Esto no se debe permitir... Es un abuso, un escándalo. Me quejaré al inspector del Gobierno, al Gobernador, al Gobierno mismo.

Movioles la curiosidad, más que otra cosa, a registrar el departamento. En él continuaba la dama. Yo la vi... era ella misma sin duda; pero no ya con aquellos ligerísimos ropajes que tanto llamaron mi atención, sino vestida con el habitual modo de nuestras damas. Sus ojos picarescos y vivos no deslumbraban ya; su cuerpo no tenía rastro de haber pasado por el infierno, llevaba en la cabeza el vulgar sombrerillo adornado de espigas, mas todo conforme al arte de las modistas, sin nada que trajese a la memoria el tocador de las diosas.

IV

Mudo y perplejo la contemplé, y no es dudoso que me deshice en cumplimientos y excusas, achacando a desvanecimiento de mi cabeza la increíble equivocación en que había incurrido; mas apenas marchó el tren camino de las sierras, volvió la dama a presentarse en su primera forma y desnudez, con los mismos cendales vaporosos que contorneaban sus bellas formas, con el mismo ornato de rústicas espigas en la cabellera de oro, los mismos ojos que no se podían mirar, y la propia irradiación abrasadora de su cuerpo. El calor que despedía era ya un calor ecuatorial, intolerable, un fuego que derretía mi persona, como si fuese de cera. Quise saltar del coche, llamar, vocear, pedir socorro; mas ella me detuvo. Caí exánime, sin fuerzas, todo sudoroso, desmayado, sin aliento; creo que mis facultades se alteraron profundamente; perdí la noción de todas las cosas, se nubló mi juicio, y apenas pude formular este pensamiento angustioso: «Estoy en las calderas infernales».

Arrojado cual cuerpo muerto sobre los cojines aspiraba con ansia el rarificado aire. La diabólica aparición llegase a mí: sostuvo mi cabeza, diome a beber no sé qué delicado y refrigerante licor que facilitó el trabajo de mis pulmones, difundiendo cierta frescura por todo mi cuerpo, y entonces me sentí mejor; mis excitados nervios se dilataron, dándome algún reposo; y al aclarárseme los sentidos, pude oír el discurso que con dulce voz me dirigió la señora, y que si mi memoria no me es infiel, fue de este modo.

V

«Yo soy la plenitud de la vida, la cúspide del año natural; soy la ley de madurez que preside al cumplimiento de todas las cosas, la realización de cuantos conatos bullen en el seno infinito de la Naturaleza. Antes de mí, todo es germen, esfuerzo, crecimiento, aspiración; después de mí, todo decae y muere. Soy el logro supremo y la victoria que se llama fruto, victoria admirable de las múltiples fuerzas que luchan con la muerte. Por mí vive todo lo que vive. Sin mí la Creación sería en vez de gloria y triunfo, una especie de bostezo perenne, el fastidio de los elementos al verse sin objeto. En el hombre, soy la edad del discernimiento y del trabajo; en la mujer, la fecundidad y el amor conyugal; en la Naturaleza, el desarrollo de todos los seres que al verse completos se recrean en sí mismos, apreciando por su propia magnificencia la magnificencia del Creador. Mis cabellos son el Sol; mis ojos la luz; mi cuerpo el ardoroso ambiente que al pasar reparte la existencia; mi sombra el rocío que bautiza las nuevas vidas; mi habitación es el cielo con sus admirables ritmos, mi trono, el zenit. Soy la sazón universal».

»En mi curso infinito, guíame el dedo de Dios. Cuando aparezco, ya está todo preparado.

Bástame sonreír para que el mundo se llene de frutos. El labrador me espera con ansia, porque mi benignidad o mi cólera deciden su suerte. Doile abundantes mieses y regalados frutos; le anuncio los mostos que llenarán sus tinajas; multiplico sus ganados y sus colmenas; aumento para el pescador los inmensos rebaños de los mares, y al industrioso le ofrezco días largos, al enfermo alivio, al sano alborozo, expansión al rico, consuelo al miserable.

»Celébranme los hombres de todas castas, y los que cultivan la tierra festejan mis clásicos días destinados al comercio, a la amistad, a los campesinos banquetes, a las regocijadas bodas. San Antonio, San Juan, San Pedro, el Carmen, Santiago, Santa Ana, San Lorenzo, la Virgen de Agosto, San Roque, la Virgen de Septiembre son en el orden religioso mis triunfales fechas.

»Mis días son fecundos y la vida se duplica en ellos, porque avivo las pasiones de los hombres, y exaltando su entusiasmo, les llevo a las acciones más osadas. Acúsanme de incitar a las revoluciones y de seducir a las muchedumbres, agitando en mis manos ardientes la bandera roja de la emancipación. Me vituperan por triunfos populares, y yo, sin pronunciar sentencia sobre esto, tan solo digo que derribé la Bastilla, que destruí al vencedor de Europa no lejos de estos sitios por donde vamos, que también aquí salvé al mundo cristiano de las huestes de Mahoma. Yo abolí la Inquisición de España; yo detuve a los turcos a las puertas de Viena; yo he realizado mil y mil altísimos hechos cuyo número no puede contarse, pues son más que las vueltas que en todo el curso de nuestro viaje dan las ruedas del coche en que velozmente caminamos».

VI

Y era la verdad que caminaba con rapidez, traspasando ya la fragosa sierra que es muro de Castilla. Había caído mansamente la tarde, y con la mudanza del cielo la señora aplacaba sus insoportables ardores, como fragua en que mueren durmiéndose las brasas. Sus ojos seguían brillando, mas no con el resplandor del Sol, sino con claridad blanquecina semejante a la de la Luna. Su cuerpo despedía tibieza grata, que poco a poco se iba trocando en frescura. De este modo, la repulsiva diosa, cuyo contacto sofocaba, se convertía en el ser más bello y amable que imaginarse puede, y todo convidaba a reposar a su lado con sosiego y descuido, viendo rodar las horas y los astros, sintiendo pasar el aire rico en fragancias.

Sus miradas me causaban dulce arrobamiento. Vi en sus pupilas algo semejante al plateado reflejo de un lago tranquilo, y su sonrisa me sumergía en dulce éxtasis. En sus labios observé no sé qué cosa semejante celestiales puertas que se abrían.

Así pasamos toda la noche, recorriendo de un cabo a otro la tierra ilustre que sirvió de campo a la imaginaria contienda de lo ideal con el positivismo. Pero la noche recogía sus obscuridades para huir a punto que salían a saludarnos los primeros árboles de Aranjuez, no lejos de donde celebran pacto de amistad eterna Tajo y Jarama.

Rueda que rueda y silba que silba, entre polvo y ruido, llegamos al fin a Madrid, donde mi compañera de viaje, profundamente aficionada a mi persona, no quiso dejarme, y me siguió en el coche, y se aposentó en mi mismo cuarto, y se sentó a mi mesa, vuelta ya a su primitivo estado, o sea a la desnudez abrasadora en que se apareció, pero conservando siempre aquel natural fantástico que la hacía invisible para todos, excepto para mí.

Por el día, hízome sudar la gota gorda, y me sofocaba con solo acercar a mí las yemas de sus candentes dedos; mas llegada la noche, recobró su constitución tibia y placentera, alcanzando de mí las amistades que no podía concederle a la luz del Sol.

Lo más extraño es que habiéndola invitado a comer en los Jardines del Buen Retiro, la bendita señora descubrió de súbito unas mañas que me pusieron en gran desasosiego, y fue que en mitad del yantar, pretextando que su naturaleza lo exigía, empezó a menudear copas y a vaciar botellas con tanta presteza, que aquella no era señora, sino más bien una bacante.

VII

No bien hablamos concluido de comer, cuando la dama, enteramente transformada por todo aquel líquido que había metido entre pecho y espalda, empezó a hacer los más desaforados desatinos que pueden verse. Agitó primero las palmas de las manos, al modo de abanico, haciendo correr un aire cálido y seco que tostaba. Después rompió a reír con carcajadas estrepitosas de insensato, y cayó espantosa lluvia, que puso como nuevos a los parroquianos de aquel hermoso sitio, obligándoles a dispersarse. Corrió después la niña con tanta rapidez que parecía vendaval, rompiendo las bombas de vidrio, alzando las faldas a las señoras, arrebatando sus sombreros a los galanes, desgarrando el telón del teatro, doblando los árboles, haciendo gemir las ramas y cubriendo de hojas los mecheros del gas. No he visto dispersión tan precipitada, pánico tan horrible ni confusión más grande. ¡Y cómo reía la pícara al ver tales estragos! Yo procuraba calmarla, mas esto no era posible. Temí que la llevaran a la prevención por sus diabluras; pero la muy tunanta tuvo la suerte (como todos los pillos) de que no la viera la policía.

Después que desató sobre Madrid la importuna lluvia que tanto molestó a los paseantes, sopló a diestro y siniestro, y he aquí que comienza un frío seco y displicente que hace tiritar a todo el mundo. Estirando los cuellos de sus ligeros gabancillos, y abrigándose con pañuelos de la mano a falta de otra cosa, los madrileños corrían a sus casas, y gruñendo murmuraban: «¡Qué demonio de clima! ¡Maldito sea Madrid y quien aquí puso la corte de España!».

La misma autora de tantos desastres andaba con capa aquella noche burlándose de los cortesanos y de su cólera. Yo no pude contenerme y le eché en cara su conducta, diciéndole que no me parecía propio de personas bien educadas molestar al prójimo y turbar diversiones lícitas.

Echose a reír de nuevo, y me dijo que en Madrid no pasaba semana sin hacer alguna travesura de aquel jaez; que la alegría de la capital y su constante humor de bromas era contagiosa, por lo cual ella no podía resistir a la tentación de dar chascos; que se complacía en deshacer la fiesta, en trastornar el tiempo, en soltar los fríos del Norte después de sofocantes horas, y que se divertía mucho viendo el descontento de la gente madrileña. Añadió que no pudiendo eximirse de asistir a francachelas y comilonas, la obligaban a empinar el codo, y que una vez alterado el sentido, hacia las mayores locuras, casi sin darse cuenta de ellas.

Yo le dije que la veía camino de Leganés si se repetían sus pesadas bromas; pero ella, riendo de mi enfado, me contestó que al día siguiente el calor sería más insoportable.

Así fue en efecto, por lo cual tomó las de Villadiego hacia el Norte, metiéndome en el tren al pie de la montaña del Príncipe Pío: y he aquí que no había andado dos metros la máquina, cuando mi compañera y amiga tomaba asiento junto a mí.

VIII

—Madrid es feliz —le dije—, si usted le abandona.

—No, porque allí dejo mis delegados, que son como yo misma.

Excuso decir que la señora, transformada por la noche, era la más grata compañera de viaje que puede concebirse. De tiempo en tiempo sus ojos despedían lívidos relámpagos, lo que me puso algo intranquilo; pero no pasó de ahí, y a la claridad que difundían sus miradas por todo el espacio, vi el Escorial, monte de arquitectura al pie de otro monte; vi los extensos pinares, cuyo baileteo al paso de minueto me recordaba los olivos de Andalucía; traspasamos la alta sierra en cuyo término Santa Teresa ha dejado su imperecedera memoria sobre un caserío amurallado que parece montón de ruinas.

Arévalo, Medina, los graneros y las eras de Castilla, nos vieron pasar, y sobre el suelo amarilleaba la paja recién separada del grano. Pasábamos por los dormidos pueblos, que ni al estrépito del tren despertaban, y cuando avanzó la noche y aumentó el silencio de los campos, nuestro inmenso vehículo articulado parecía un gran perro fantástico que corría ladrando de provincia en provincia.

Valladolid la dormida se quedó a mano izquierda, obscura, grande, glacial, acariciada por su amante Pisuerga, que anhela y apenas lo consigue. Atravesamos luego los frescos viñedos y deliciosas huertas de Dueñas la troglodita, que vive en cuevas. Vino al poco rato Venta de Baños, que es un mesón puesto en una encrucijada de vías férreas en desierto campo. Torciendo ligeramente a la izquierda, tocamos en Palencia, ya inundada de Sol, sin soltar jamás el manto de polvo que la cubre, y luego atravesamos la tierra de Campos, surcada por el arado de un cabo a otro, toda seca, llana, ardiente, verdadero mapa trazado sobre yesca. Ninguna montaña grande ni chica ha encontrado apetecibles aquellos sitios para fijar su residencia; ningún río caudaloso la ha escogido para pasearse en ella; ningún bosque arraiga en su suelo.

Más allá, arroyos y lagunas, en cuyo espejo se miran hileras de chopos, anuncian la frescura de próximos montes cuyas primeras estribaciones acomete el tren sin que le estorben rocas ni pantanos. Venciendo las grandes masas de la cordillera, que convidan a la ascensión, el tren se empeña en subir a Reinosa, la encapotada vecina de las nubes, y lo consigue.

Más allá un monte huraño se empeña en detenernos el paso. ¡Pueril terquedad! En castigo de su impertinencia es atravesado de parte a parte, y el tren pasa como la aguja por la tela. Después todo es fragosidad, aspereza, bosques en declive que se agarran a la tierra y a las rocas con sus torcidas raíces: arroyos que se precipitan gritando como chicos que salen de la escuela. Pero antes vimos el Pisuerga, un miserable hilo de agua, que describiendo más curvas que un borracho se dirige al Sur, y el Ebro, un niño que pronto será hombro, y marcha hacia Levante.

Nosotros marchamos con las aguas que van hacia el Norte. A poco de salir de aquel largo túnel, que parece una pesadilla, se nos presenta a la derecha un chicuelo juguetón que marcha a nuestro lado brincando, haciendo cabriolas, riendo y echando bromitas a todas las piedras y troncos que en su camino encuentra. Es el Besaya, un modesto río que nos acompañará gran trecho.

Mientras descendemos con no poco trabajo la gigantesca escalera de Cantabria, el pillete, en vez de trazar curvas como nosotros de monte a monte, baja a saltos, y le vemos en la hondura, riendo y jugando. Pero no quiere abandonarnos, y en Bárcena de pie de Concha se nos pone al lado izquierdo, y por todos aquellos valles y cañadas nos va dando conversación con mucha cortesía y sosegado estilo.

En una garganta tapizada de lozano verdor, hallamos las Caldas, una gran tina entre dos montañas, y poco más allá, agujereando montes y franqueando precipicios, salimos a un ancho y hermoso valle. Allí el Sr. Besaya se despide cortésmente de nosotros, pues su amigo (El Saja) le espera en Torrelavega para ir juntos a tomar baños de mar. Lo damos las gracias por su atención y seguimos.

Las praderas verdes y limpias a nada del mundo son comparadas en belleza; los bosques de castaños se extienden por las laderas, a cuya falda ricas huertas Y frondosos maizales recrean la vista y el ánimo con su lozanía. Atravesamos por entre rejas un gran río que dicen Pas, y poco después olemos el mar. Sin duda está cerca. Anúnciase en irregulares charcas, como dedos retorcidos; vemos después sus manos que agarran la tierra, y por último un enorme brazo que se introduce entre dos cordilleras.

IX

¿Y mi compañera de viaje?

Al llegar aquí, mejor dicho, desde que dejamos aquellas fastidiosas llanuras castellanas, desaparecieron los accidentes caniculares que tan aborrecible me la habían hecho. Amenguose el resplandor molesto de sus ojos, que brillaban, sí, pero empañados por tenues celajes; dejó de echar fuego como fragua su hermoso cuerpo, y pude acercarme libremente a ella, sintiendo, antes que calor, un dulce temple que a un tiempo confortaba cuerpo y alma.

Despertose de improviso en mi viva inclinación hacia ella. Hablamos, se animó mi conversación con requiebros y se salpimentó con suspiros, me entusiasmé, coqueteé, me entusiasmé más, me declaré, hícele proposiciones de matrimonio. ¡Ay! humanos, ¿sois mortales porque sois débiles, o sois débiles porque sois hombres?

Condújome la taimada a un delicioso lugar nombrado Sardinero, vecino al Océano, verde y cubierto de flores como un jardín, reuniendo en sí la suave tibieza de la tierra y la frescura del mar, un vergel con playa de doradas arenas, donde las holgazanas olas se extienden desperezándose al Sol, un montecillo encantador, primaveral, compendio de todas las bellezas de la Naturaleza.

Mi compañera, a quien desde aquel instante llamé mi esposa (porque consintió en serlo con pérfida complacencia), me sumergió en el mar, me invitó después a paseos y meriendas. ¡Oh, qué felices días pasamos! ¡Qué apacibles noches! ¡Cómo rodaban las horas sin que sus pasos sonaran sobre aquel césped florido ni sobre las cariñosas arenas de la playa! Yo era el hombre más feliz de la creación hasta que un día, ¡infausto día!... nunca había visto a mi compañera tan hermosa, ni tan alegre, ni tan amable...

Nos bañamos juntos, disfrutando del halago de las olas, asidos de las manos, mirándonos el uno al otro, cuando de repente desapareció no sé cómo ni por dónde, dejándome lelo, lleno de desesperación. Busquela por todos lados, dentro y fuera del agua. No estaba en ninguna parte. Me eché a llorar y sentí frío, un frío que penetraba hasta mis huesos.

¡Triste, tristísimo día, horrible fecha! La recuerdo bien.

Era el 22 de Setiembre.

Libros a la carta

A la carta es un servicio especializado para
empresas,
librerías,
bibliotecas,
editoriales
y centros de enseñanza;
y permite confeccionar libros que, por su formato y concepción, sirven a los propósitos más específicos de estas instituciones.

Las empresas nos encargan ediciones personalizadas para marketing editorial o para regalos institucionales. Y los interesados solicitan, a título personal, ediciones antiguas, o no disponibles en el mercado; y las acompañan con notas y comentarios críticos.

Las ediciones tienen como apoyo un libro de estilo con todo tipo de referencias sobre los criterios de tratamiento tipográfico aplicados a nuestros libros que puede ser consultado en Linkgua-ediciones.com.

Linkgua edita por encargo diferentes versiones de una misma obra con distintos tratamientos ortotipográficos (actualizaciones de carácter divulgativo de un clásico, o versiones estrictamente fieles a la edición original de referencia).

Este servicio de ediciones a la carta le permitirá, si usted se dedica a la enseñanza, tener una forma de hacer pública su interpretación de un texto y, sobre una versión digitalizada «base», usted podrá introducir interpretaciones del texto fuente. Es un tópico que los profesores denuncien en clase los desmanes de una edición, o vayan comentando errores de interpretación de un texto y esta es una solución útil a esa necesidad del mundo académico.

Asimismo publicamos de manera sistemática, en un mismo catálogo, tesis doctorales y actas de congresos académicos, que son distribuidas a través de nuestra Web.

El servicio de «libros a la carta» funciona de dos formas.

1. Tenemos un fondo de libros digitalizados que usted puede personalizar en tiradas de al menos cinco ejemplares. Estas personalizaciones pueden ser de todo tipo: añadir notas de clase para uso de un grupo de estudiantes,

introducir logos corporativos para uso con fines de marketing empresarial, etc. etc.

2. Buscamos libros descatalogados de otras editoriales y los reeditamos en tiradas cortas a petición de un cliente.

www.ingramcontent.com/pod-product-compliance
Lightning Source LLC
Chambersburg PA
CBHW021925170626
46807CB00007B/2982